VINGT-QUATRE HEURES DE LA VIE D'UNE FEMME

Né à Vienne en 1881, fils d'un industriel, Stefan Zweig a pu étudier en toute liberté l'histoire, les belles-lettres et la philosophie. Grand humaniste, ami de Romain Rolland, d'Émile Verhaeren et de Sigmund Freud, il a exercé son talent dans tous les genres (traductions, poèmes, romans, pièces de théâtre) mais a surtout excellé dans l'art de la nouvelle (*La Confusion des sentiments, Le Joueur d'échecs*), l'essai et la biographie (*Marie-Antoinette, Fouché, Magellan*...). Désespéré par la montée du nazisme, il fuit l'Autriche en 1934, se réfugie en Angleterre puis aux États-Unis. En 1942, il se suicide avec sa femme à Petropolis, au Brésil.

Paru dans Le Livre de Poche :

AMERIGO
AMOK
BALZAC, LE ROMAN DE SA VIE
LE BRÉSIL, TERRE D'AVENIR
BRÛLANT SECRET
CLARISSA
LE COMBAT AVEC LE DÉMON
LA CONFUSION DES SENTIMENTS
CONSCIENCE CONTRE VIOLENCE
CORRESPONDANCE (1897-1919)
CORRESPONDANCE (1920-1931)
CORRESPONDANCE (1932-1942)
DESTRUCTION D'UN CŒUR
ÉRASME
ESSAIS (*La Pochothèque*)
FOUCHÉ
LA GUÉRISON PAR L'ESPRIT
HOMMES ET DESTINS
IVRESSE DE LA MÉTAMORPHOSE
LE JOUEUR D'ÉCHECS
MARIE-ANTOINETTE
MARIE STUART
LE MONDE D'HIER
PAYS, VILLES, VILLAGES
LA PEUR
PRINTEMPS AU PRATER / LA SCARLATINE
LES PRODIGES DE LA VIE
ROMAIN ROLLAND
ROMANS ET NOUVELLES (*La Pochothèque*)
ROMANS, NOUVELLES, THÉÂTRE (*La Pochothèque*)
SIGMUND FREUD
LES TRÈS RICHES HEURES DE L'HUMANITÉ
TROIS MAÎTRES (BALZAC, DICKENS, DOSTOÏEVSKI)
TROIS POÈTES DE LEUR VIE
UN MARIAGE À LYON
UN SOUPÇON LÉGITIME
LE VOYAGE DANS LE PASSÉ
VOYAGES
WONDRAK

STEFAN ZWEIG

Vingt-quatre heures de la vie d'une femme

TRADUCTION ET INTRODUCTION
PAR OLIVIER BOURNAC ET ALZIR HELLA

Révision de Brigitte Vergne-Cain et Gérard Rudent

LE LIVRE DE POCHE

© Atrium Press Ltd., Londres.
© Insel Verlag, Leipzig, 1927 (première publication).
ISBN : 978-2-253-06022-2 – 1ʳᵉ publication – LGF

INTRODUCTION

Au début de 1942, la radio de Paris nous annonçait que « l'écrivain juif Stefan Zweig venait de se donner la mort au Brésil » – nouvelle reproduite le lendemain en trois lignes par les journaux nazis de la capitale. Et ce fut ensuite le silence complet sur ce grand et noble écrivain qui avait acquis en France une renommée égale à celle de nos meilleurs auteurs.

*

Stefan Zweig était né à Vienne, où il fit ses études, le 28 novembre 1881. À vingt-trois ans, il était reçu docteur en philosophie et obtenait le prix de poésie Bauernfeld, une des plus hautes distinctions littéraires de son pays. Il avait alors publié une plaquette de vers et une traduction des meilleures poésies de Verlaine, écrit des nouvelles et une pièce de théâtre. Mais il jugeait « que la littérature n'était pas la vie », qu'elle n'était « qu'un moyen d'exaltation de la vie, un moyen d'en saisir le drame d'une façon plus claire et plus intelligible ». Son ambition était de voyager, « de donner à son existence l'amplitude, la plénitude, la force et la connaissance, aussi de la lier à l'essentiel et à la profondeur des choses ». En 1904, il était à Paris, où il séjourna à plusieurs reprises et où il se lia avec les écrivains de l'Abbaye, Jules Romains en particulier, avec qui, plus tard, il devait donner la magnifique adaptation du *Volpone* que des dizaines de milliers de Parisiens eurent la joie de voir jouer à l'Atelier et dont le succès n'est pas encore épuisé aujourd'hui. Il rendit ensuite visite, dans sa modeste demeure du Caillou-qui-Bique, en Belgique, à Émile Verhaeren, dont il devint le traducteur et le biographe. Il vécut à Rome, à Florence, où il connut Ellen Key, la célèbre *authoress* suédoise, en Provence, en Espagne, en Afrique. Il visita l'Angleterre, parcourut les États-Unis, le Canada, le Mexique. Il passa un an aux Indes. Ce qui ne l'empêchait pas de poursuivre ses travaux littéraires, sans effort, pourrait-on penser, puisqu'il dit quelque part : « Malgré la meilleure volonté, je ne me rappelle pas avoir travaillé durant cette période. Mais cela est contredit par les faits, car j'ai écrit plusieurs livres, des pièces de théâtre qui ont été jouées sur presque toutes les scènes d'Allemagne et aussi à l'étranger… ».

Les multiples voyages de Zweig devaient forcément développer en lui l'amour que dès son adolescence il ressentait pour les lettres étrangères et surtout pour les lettres françaises. Cet amour, qui se transforma par la suite en un véritable culte, il le manifesta par des traductions remarquables de Baudelaire, Verlaine, Rimbaud, de son ami Verhaeren, dont il fit connaître en Europe centrale les vers puissants et les pièces de théâtre, de Suarès, de Romain Rolland, sur qui il fut un des premiers, sinon le premier, à attirer l'attention des pays de langue allemande et qui eut sur lui une influence morale considérable.

Ardent pacifiste, type du véritable Européen – ce vocable qui devait servir les appétits les plus monstrueux, cacher les crimes les plus effroyables – Zweig avait été profondément ulcéré par la guerre de 14-18. En 1919, il se retirait à Salzbourg, la ville-musée « dont certaines des rues, dit Hermann Bahr – connaisseur et admirateur, lui aussi, des lettres françaises – vous rappellent Padoue, cependant que d'autres vous transportent à Hildesheim ». C'est à Salzbourg, l'ancienne résidence des princes archevêques, où naquit Mozart, qu'il nous envoyait ses messages appelés à faire le tour du monde, ces œuvres si vivantes, si riches d'émotions et de passion et qui ont nom, entre autres, *Vingt-quatre heures de la vie d'une femme*, – dont Gorki a pu dire qu'il lui semblait n'avoir rien lu d'aussi profond, – *Amok, La Confusion des sentiments, La Peur*...

En moins de dix ans, Zweig, qui naguère n'avait considéré le travail « que comme un simple rayon de la vie, comme quelque chose de secondaire », publiait une dizaine de nouvelles – la nouvelle allemande a souvent l'importance d'un de nos romans – autant d'essais écrits en une langue puissante sur Dostoïevski, Tolstoï, Nietzsche, Freud, dont il était l'intime, Stendhal, Marceline Desbordes-Valmore, etc., qui témoignent de la plus vaste des cultures et permettent d'affirmer que tous ont trouvé en lui un biographe à leur mesure. Puis suivit la série de ses écrits historiques, où il acquit d'emblée avec son *Fouché* l'autorité que l'on confère aux maîtres.

*

Hélas! Hitler et ses nazis s'étaient emparés du pouvoir en Allemagne, les violences contre les réfractaires s'y multipliaient. Bientôt l'Autriche, déjà à demi nazifiée, serait envahie. Zweig part pour l'Angleterre et s'installe à Bath, dans le Somerset. Mais depuis l'abandon de la souriante demeure salzbourgeoise, son âme inquiète ne lui laissait pas de repos. Il parcourt de nouveau l'Amérique du Nord, se rend au Brésil, revient en Angleterre, fait de courts séjours en Autriche, où les nazis tourmentent sa mère qui se meurt, en France… Et la guerre éclate. Je l'entends encore au début de 40, à l'hôtel Louvois, quand nous préparions la conférence sur sa Vienne tant aimée qu'il donna à Marigny, me dire avec angoisse – lui qui ne voulait pas ignorer les plans d'Hitler, les préparatifs de *toute* l'Allemagne : « Vous serez battus ». Et quand les événements semblent lui donner raison, c'en est fait totalement de sa tranquillité. Il voit répandues sur l'Europe les ténèbres épaisses qu'il appréhendait tant. Il quitte définitivement sa maison de Bath et gagne les États-Unis où il avait pensé se fixer. Mais l'inquiétude morale qui le ronge a sapé en lui toute stabilité. Le 15 août 1941, il s'embarque pour le Brésil et s'établit à Pétropolis où il espérait encore trouver la paix de l'esprit. En vain. L'auteur d'*Érasme*, qui ressemblait par tant de côtés à l'humaniste hollandais, n'est du reste pas un lutteur. Le 22 février 1942, il rédige le message d'adieu ci-dessous :

« Avant de quitter la vie de ma propre volonté et avec ma lucidité, j'éprouve le besoin de remplir un dernier devoir : adresser de profonds remerciements au Brésil, ce merveilleux pays qui m'a procuré, ainsi qu'à mon travail, un repos si amical et si hospitalier. De jour en jour, j'ai appris à l'aimer davantage et nulle part ailleurs je n'aurais préféré édifier une nouvelle existence, maintenant que le monde de mon langage a disparu pour moi et que ma patrie spirituelle, l'Europe, s'est détruite elle-même.

« Mais à soixante ans passés il faudrait avoir des forces particulières pour recommencer sa vie de fond en comble. Et les miennes sont épuisées par les longues années d'errance. Aussi, je pense qu'il vaut mieux mettre fin à temps, et la tête haute, à une existence où le travail intellectuel a toujours été la joie la plus pure et la liberté individuelle le bien suprême de ce monde.

« Je salue tous mes amis. Puissent-ils voir encore l'aurore après la longue nuit ! Moi je suis trop impatient, je pars avant eux. »

Stefan Zweig
Pétropolis, 22-2-42

Le lendemain, Stefan Zweig n'était plus. Pour se soustraire à la vie, il avait recouru au gaz, suicide sans brutalité qui répondait parfaitement à sa nature. Sa femme l'avait suivi dans la mort.

A. H.

Vingt-quatre heures
de la vie d'une femme

Dans la petite pension de la Riviera où je me trouvais alors (dix ans avant la guerre[1]) avait éclaté à notre table une violente discussion qui brusquement menaça de tourner en altercation furieuse et fut même accompagnée de paroles haineuses et injurieuses. La plupart des gens n'ont qu'une imagination émoussée. Ce qui ne les touche pas directement, en leur enfonçant comme un coin aigu en plein cerveau, n'arrive guère à les émouvoir; mais si devant leurs yeux, à portée immédiate de leur sensibilité, se produit quelque chose, même de peu d'importance, aussitôt bouillonne en eux une passion démesurée. Alors ils compensent, dans une certaine mesure, leur indifférence coutumière par une véhémence déplacée et exagérée.

Ainsi en fut-il cette fois-là dans notre société de commensaux tout à fait bourgeois, qui d'habitude

---

1. Il s'agit ici, bien sûr, de la Première Guerre mondiale, et nous sommes donc aux environs de 1904.

se livraient paisiblement à de *small talks*[1] et à de petites plaisanteries sans profondeur, et qui le plus souvent, aussitôt après le repas, se dispersaient : le couple conjugal des Allemands pour excursionner et faire de la photo, le Danois rondelet pour pratiquer l'art monotone de la pêche, la dame anglaise distinguée pour retourner à ses livres, les époux italiens pour faire des escapades à Monte-Carlo, et moi pour paresser sur une chaise du jardin ou pour travailler. Mais cette fois-ci, nous restâmes tous accrochés les uns aux autres dans cette discussion acharnée ; et si l'un de nous se levait brusquement, ce n'était pas comme d'habitude pour prendre poliment congé, mais dans un accès de brûlante irritation qui, comme je l'ai déjà indiqué, revêtait des formes presque furieuses.

Il est vrai que l'événement qui avait excité à tel point notre petite société était assez singulier. La pension dans laquelle nous habitions tous les sept, se présentait bien de l'extérieur sous l'aspect d'une villa séparée (ah ! comme était merveilleuse la vue qu'on avait des fenêtres sur le littoral festonné de rochers), mais en réalité, ce n'était qu'une dépendance, moins chère, du grand Palace Hôtel et direc-

---

1. On trouve particulièrement dans ce récit, et en accord avec le milieu cosmopolite qui y est évoqué, de nombreux termes anglais, mais aussi français, ces derniers concernant notamment le jeu ou la « galanterie ». Du reste, le français semble être la langue principale entre les personnages.

tement reliée avec lui par le jardin, de sorte que nous, les pensionnaires d'à côté, nous vivions malgré tout en relations continuelles avec les clients du Palace. Or, la veille, cet hôtel avait eu à enregistrer un parfait scandale.

En effet, au train de midi, exactement de midi vingt (je dois indiquer l'heure avec précision parce que c'est important, aussi bien pour cet épisode que pour le sujet de notre conversation si animée), un jeune Français était arrivé et avait loué une chambre donnant sur la mer : cela seul annonçait déjà une certaine aisance pécuniaire. Il se faisait agréablement remarquer, non seulement par son élégance discrète, mais surtout par sa beauté très grande et tout à fait sympathique : au milieu d'un visage étroit de jeune fille, une moustache blonde et soyeuse caressait ses lèvres, d'une chaude sensualité ; au-dessus de son front très blanc bouclaient des cheveux bruns et ondulés ; chaque regard de ses yeux doux était une caresse ; tout dans sa personne était tendre, flatteur, aimable, sans cependant rien d'artificiel ni de maniéré. De loin, à vrai dire, il rappelait d'abord un peu ces figures de cire de couleur rose et à la pose recherchée qui, une élégante canne à la main, dans les vitrines des grands magasins de mode, incarnent l'idéal de la beauté masculine. Mais dès qu'on le regardait de plus près, toute impression de fatuité disparaissait, car ici (fait si rare !) l'amabilité était chose naturelle et faisait corps avec l'individu. Quand il passait, il saluait tout le monde d'une façon à la fois modeste et cordiale, et c'était un vrai plaisir de voir comment à chaque occasion sa grâce toujours prête se manifestait en toute liberté.

Si une dame se rendait au vestiaire, il s'empressait d'aller lui chercher son manteau ; il avait pour chaque enfant un regard amical ou un mot de plaisanterie ; il était à la fois sociable et discret ; bref, il paraissait un de ces êtres privilégiés, à qui le sentiment d'être agréable aux autres par un visage souriant et un charme juvénile donne une grâce nouvelle. Sa présence était comme un bienfait pour les hôtes du Palace, la plupart âgés et de santé précaire ; et grâce à une démarche triomphante de jeunesse, à une allure vive et alerte, à cette fraîcheur qu'un naturel charmant donne si superbement à certains hommes, il avait conquis sans résistance la sympathie de tous. Deux heures après son arrivée, il jouait déjà au tennis avec les deux filles du gros et cossu industriel lyonnais, Annette, âgée de douze ans, et Blanche qui en avait treize ; et leur mère, la fine, délicate et très réservée Mme Henriette, regardait en souriant doucement, avec quelle coquetterie inconsciente les deux fillettes toutes novices flirtaient avec le jeune étranger. Le soir, il nous regarda pendant une heure jouer aux échecs, en nous racontant entre-temps quelques gentilles anecdotes, sans nous déranger du tout ; il se promena à plusieurs reprises, assez longtemps, sur la terrasse avec Mme Henriette, dont le mari comme toujours jouait aux dominos avec un ami d'affaires ; très tard encore, je le trouvai en conversation suspecte d'intimité avec la secrétaire de l'hôtel, dans l'ombre du bureau.

Le lendemain matin, il accompagna à la pêche mon partenaire danois, montrant en cette matière des connaissances étonnantes ; ensuite, il s'entretint longuement de politique avec le fabricant de Lyon, ce en quoi également il se révéla un causeur agréable, car on entendait le large rire du gros homme couvrir le bruit de la mer. Après le déjeuner (il est absolument nécessaire pour l'intelligence de la situation que je rapporte avec exactitude toutes ces phases de son emploi du temps), il passa encore une heure avec Mme Henriette, à prendre le café tous deux seuls dans le jardin ; il rejoua au tennis avec ses filles et conversa dans le hall avec les époux allemands. À six heures, en allant poster une lettre, je le trouvai à la gare. Il vint au-devant de moi avec empressement et me raconta qu'il était obligé de s'excuser, car on l'avait subitement rappelé, mais qu'il reviendrait dans deux jours.

Effectivement, le soir, il ne se trouvait pas dans la salle à manger, mais c'était simplement sa personne qui manquait, car à toutes les tables on parlait uniquement de lui et l'on vantait son caractère agréable et gai.

Pendant la nuit, il pouvait être onze heures, j'étais assis dans ma chambre en train de finir la lecture d'un livre, lorsque j'entendis tout à coup par la fenêtre ouverte, des cris et des appels inquiets dans le jardin, qui témoignaient d'une agitation certaine dans l'hôtel d'à côté. Plutôt par inquiétude que par curiosité, je descendis aussitôt, et en cinquante pas je m'y rendis, pour trouver les clients et le personnel dans un état de grand trouble et d'émotion. Mme Henriette, dont le mari, avec sa ponctualité coutumière, jouait aux dominos avec son ami de Namur, n'était pas rentrée de la promenade qu'elle faisait tous les soirs sur le front de mer, et l'on craignait un accident. Comme un taureau, cet homme corpulent, d'habitude si pesant, se précipitait continuellement vers le littoral, et quand sa voix altérée par l'émotion criait dans la nuit : « Henriette ! Henriette ! », ce son avait quelque chose d'aussi terrifiant et de primitif que le cri d'une bête gigantesque, frappée à mort. Les serveurs et les boys se démenaient, montant et descendant les escaliers ; on réveilla tous les clients et l'on téléphona à la gendarmerie. Mais au milieu de ce tumulte, le gros homme, son gilet déboutonné, titubait et marchait pesamment en sanglotant et en criant sans cesse dans la nuit, d'une manière tout à fait insensée, un seul nom : « Henriette ! Henriette ! » Sur ces entrefaites, les enfants s'étaient réveillées là-haut et en chemises de nuit elles appelaient leur mère par la fenêtre; alors le père courut à elles pour les tranquilliser.

Puis se passa quelque chose de si effrayant qu'il est à peine possible de le raconter, parce que la nature violemment tendue, dans les moments de crise exceptionnelle, donne souvent à l'attitude de l'homme une expression tellement tragique que ni l'image, ni la parole ne peuvent la reproduire avec cette puissance de la foudre qui est en elle. Soudain, le lourd et gros bonhomme descendit les marches de l'escalier en les faisant grincer, et avec un visage tout changé, plein de lassitude et pourtant féroce; il tenait une lettre à la main : « Rappelez tout le monde ! » dit-il d'une voix tout juste intelligible au chef du personnel. « Rappelez tout le monde; c'est inutile, ma femme m'a abandonné. »

Il y avait de la tenue dans cet homme frappé à mort, une tenue faite de tension surhumaine devant tous ces gens qui l'entouraient, qui se pressaient curieusement autour de lui pour le regarder et qui, brusquement, s'écartèrent pleins de confusion, de honte et d'effroi. Il lui resta juste assez de force pour passer devant nous en chancelant, sans regarder personne, et pour éteindre la lumière dans le salon de lecture; puis on entendit son corps lourd et massif s'écrouler d'un seul coup dans un fauteuil, et l'on perçut un sanglot sauvage et animal, comme seul peut en avoir un homme qui n'a encore jamais pleuré. Cette douleur élémentaire agit sur chacun de nous, même le moins sensible, avec une violence stupéfiante. Aucun des garçons de l'hôtel, aucun des clients venus là par curiosité n'osait risquer un sourire, ou même un mot de commisération. Muets, l'un après l'autre, comme ayant honte de cette foudroyante explosion du sentiment, nous regagnâmes doucement nos chambres, et tout seul dans la pièce obscure où il était, ce morceau d'humanité écrasée palpitait et sanglotait, archi-seul avec lui-même dans la maison où lentement s'éteignaient les lumières, où il n'y avait plus que des murmures, des chuchotements, des bruits faibles et mourants.

On comprendra qu'un événement si foudroyant arrivé sous nos yeux était de nature à émouvoir puissamment des gens accoutumés à l'ennui et à des passe-temps insouciants. Mais la discussion qui ensuite éclata à notre table avec tant de véhémence et qui faillit même dégénérer en voies de fait, bien qu'ayant pour point de départ cet incident surprenant, était en elle-même plutôt une question de principes qui s'affrontent et une opposition coléreuse de conceptions différentes de la vie. En effet, par suite de l'indiscrétion d'une femme de chambre qui avait lu cette lettre (le mari effondré sur lui-même, dans sa colère impuissante, l'avait jetée toute chiffonnée n'importe où sur le parquet), on eut vite appris que Mme Henriette n'était pas partie seule, mais d'accord avec le jeune Français (pour qui la sympathie de la plupart commença dès lors à diminuer rapidement). Après tout, au premier coup d'œil, on aurait parfaitement compris que cette petite Madame Bovary échangeât son époux rondelet et provincial pour un joli jeune homme distingué. Mais ce qui étonnait toute la maison, c'était que ni le fabricant, ni ses filles, ni même Mme Henriette n'avaient jamais vu auparavant ce Lovelace[1]; et que, par conséquent, une conversation nocturne de deux heures sur la terrasse et une heure de café pris en commun dans le jardin puissent avoir suffi pour amener une femme irréprochable, d'environ trente-trois ans, à abandonner du jour au lendemain son mari et ses deux enfants, pour suivre à l'aventure un jeune élégant qui lui était totalement étranger.

Notre table était unanime à ne voir dans ce fait, incontestable en apparence, qu'une tromperie perfide et une manœuvre astucieuse du couple amoureux : il était évident que Mme Henriette entretenait depuis très longtemps des rapports secrets avec le jeune homme et que ce charmeur de rats[2] n'était venu ici que pour fixer les derniers détails de la

---

1. Le héros séducteur de Clarisse Harlowe, dans le roman du même nom, publié en 1748 par Samuel Richardson (1689-1761), l'illustre rénovateur du roman psychologique anglais.
2. Personnage maléfique de la légende médiévale qui attirait à lui par sa flûte, d'abord les rats, puis les enfants de la petite ville de Hameln (Basse-Saxe), qui disparaissaient sans retour.

fuite, car – ainsi raisonnait-on —, il était absolument impossible qu'une honnête femme, après simplement deux heures de connaissance, filât ainsi au premier coup de pipeau. Voici que je m'amusai à être d'un autre avis ; et je soutins énergiquement la possibilité, et même la probabilité d'un événement de ce genre, de la part d'une femme qu'une union faite de longues années de déceptions et d'ennui avait intérieurement préparée à devenir la proie de tout homme audacieux. Par suite de mon opposition inattendue, la discussion devint vite générale, et ce qui surtout la rendit passionnée, ce fut que les deux couples d'époux, aussi bien l'allemand que l'italien, refusèrent avec un mépris véritablement offensant d'admettre l'existence du *coup de foudre*[1], où ils ne voyaient qu'une folie et une fade imagination romanesque.

Bref, il est ici sans intérêt de remâcher dans tous ses détails le cours orageux de cette dispute entre la soupe et le pudding ; seuls des professionnels de la *table d'hôte*[1] sont spirituels, et les arguments auxquels on recourt dans la chaleur d'une discussion que le hasard soulève entre convives sont le plus souvent sans originalité, parce que, pour ainsi dire, ramassés hâtivement avec la main gauche. Il serait également difficile d'expliquer pourquoi notre discussion prit si vite des formes blessantes ;

---

1. En français dans le texte.

je crois que l'irritation vint de ce que, malgré eux, les deux maris prétendirent que leurs propres femmes échappaient à la possibilité de tels risques et de telles chutes. Malheureusement, ils ne trouvèrent rien de meilleur à m'objecter que seul pouvait parler ainsi quelqu'un qui juge l'âme féminine d'après les conquêtes fortuites et trop faciles d'un célibataire. Cela commença à m'irriter, et lorsque ensuite la dame allemande assaisonna cette leçon d'une moutarde sentencieuse, en disant qu'il y avait d'une part, des femmes dignes de ce nom, et d'autre part, des « natures de gourgandine », et que, selon elle, Mme Henriette devait être de celles-ci, je perdis tout à fait patience ; à mon tour je devins agressif. Je déclarai que cette négation du fait incontestable qu'une femme, à maintes heures de sa vie, peut être livrée à des puissances mystérieuses plus fortes que sa volonté et que son intelligence, dissimulait seulement la peur de notre propre instinct, la peur du démonisme de notre nature et que beaucoup de personnes semblaient prendre plaisir à se croire plus fortes, plus morales et plus pures que les gens « faciles à séduire ».

Pour ma part, je trouvais plus honnête qu'une femme suivît librement et passionnément son instinct, au lieu, comme c'est généralement le cas, de tromper son mari en fermant les yeux quand elle est dans ses bras. Ainsi m'exprimai-je à peu près ; et dans la conversation devenue crépitante, plus les autres attaquaient la pauvre Mme Henriette, plus je la défendais avec chaleur (à vrai dire, bien au-delà de ma conviction intime!). Cette ardeur parut une provocation aux deux couples d'époux; et, quatuor peu harmonieux, ils me tombèrent dessus en bloc avec tant d'acharnement que le vieux Danois, qui était assis, l'air jovial et le chronomètre à la main comme l'arbitre dans un match de football, était obligé de temps en temps de frapper sur la table du revers osseux de ses doigts, en guise d'avertissement, disant : « *Gentlemen, please* ».

Mais cela ne faisait d'effet que pour un moment. Par trois fois déjà, l'un des deux messieurs s'était dressé violemment, le visage cramoisi, et sa femme avait eu beaucoup de peine à l'apaiser – bref, une douzaine de minutes encore, et notre discussion aurait fini par des coups, si soudain Mrs C… n'avait pas par des paroles lénitives calmé, comme avec de l'huile balsamique, les vagues écumantes de la conversation.

Mrs C…, la vieille dame anglaise aux cheveux blancs et pleine de distinction, était sans conteste la présidente d'honneur de notre table. Bien droite sur son siège, manifestant à l'égard de chacun une amabilité toujours égale, parlant peu et cependant extrêmement intéressante et agréable à entendre, son physique seul était déjà un bienfait pour les yeux : un recueillement et un calme admirables rayonnaient de son être empreint d'une réserve aristocratique. Dans une certaine mesure, elle se tenait à distance de tous, bien qu'avec un tact très fin elle sût avoir pour chacun des égards particuliers : le plus souvent elle s'asseyait au jardin, avec des livres ; parfois elle jouait au piano et ce n'était que rarement qu'on la voyait en société ou engagée dans une conversation animée. On la remarquait à peine et pourtant, elle avait sur nous une puissance singulière. Car sitôt qu'elle fut intervenue, pour la première fois, dans notre discussion, nous éprouvâmes tous le pénible sentiment d'avoir parlé trop fort et sans nous contrôler.

Mrs C... avait profité de l'interruption désagréable qu'avait causée le monsieur allemand en se levant brusquement de sa place, avant de se rasseoir, calmé. À l'improviste, elle leva ses yeux gris et clairs, me regarda un instant avec indécision, pour réfléchir ensuite à la question avec la quasi-précision d'un expert.

— Vous croyez donc, si je vous ai bien compris, que Mme Henriette..., qu'une femme peut sans l'avoir voulu, être précipitée dans une aventure soudaine ? Qu'il y a des actes qu'une telle femme aurait elle-même tenus pour impossibles une heure auparavant et dont elle ne saurait être rendue responsable ?

— Je le crois, absolument, Madame.

— Ainsi donc tout jugement moral serait complètement sans valeur, et toute violation des lois de l'éthique, justifiée. Si vous admettez réellement que le *crime passionnel*, comme disent les Français, n'est pas un crime, pourquoi conserver des tribunaux ? Il ne faut pas beaucoup de bonne volonté (et vous avez une bonne volonté étonnante, ajouta-t-elle en souriant légèrement) pour découvrir dans chaque crime une passion et, grâce à cette passion, une excuse.

Le ton clair et en même temps presque enjoué de ses paroles me fit un bien extraordinaire ; imitant malgré moi sa manière objective, je répondis mi-plaisant, mi-sérieux :

— À coup sûr, les tribunaux sont plus sévères que moi en ces matières ; ils ont pour mission de protéger implacablement les mœurs et les conventions générales : cela les oblige à condamner au lieu d'excuser. Mais moi, simple particulier, je ne vois pas pourquoi de mon propre mouvement j'assumerais le rôle du ministère public. Je préfère être défenseur de profession. J'ai personnellement plus de plaisir à comprendre les hommes qu'à les juger.

Mrs C... me regarda un certain temps, bien en face, avec ses yeux clairs et gris, et elle hésita. Je craignais déjà qu'elle ne m'eût pas très bien compris et je me disposais à lui répéter en anglais ce que j'avais dit. Mais avec une gravité remarquable et comme dans un examen, elle continua ses questions :

— Ne trouvez-vous donc pas méprisable ou odieuse une femme qui abandonne son mari et ses enfants pour suivre un individu quelconque dont elle ne peut pas encore savoir s'il est digne de son amour? Pouvez-vous réellement excuser une conduite si risquée et si inconsidérée, chez une femme qui, après tout, n'est pas des plus jeunes et qui devrait avoir appris à se respecter, ne fût-ce que par égard pour ses enfants?

— Je vous répète, Madame, fis-je en persistant, que je me refuse à prononcer un jugement ou une condamnation sur un cas pareil. Mais devant vous je puis tranquillement reconnaître que tout à l'heure j'ai un peu exagéré. Cette pauvre Mme Henriette n'est certainement pas une héroïne : elle n'a même pas une nature d'aventurière et elle n'est rien moins qu'une *grande amoureuse*[1]. Autant que je la connaisse, elle ne me paraît qu'une femme faible et ordinaire, pour qui j'ai un peu de respect parce qu'elle a courageusement suivi sa volonté, mais pour qui j'ai encore plus de compassion parce qu'à coup sûr, demain, si ce n'est pas déjà aujourd'hui, elle sera profondément malheureuse. Peut-être a-t-elle agi sottement; de toute façon elle s'est trop hâtée, mais sa conduite n'a rien de vil ni de bas et, après comme avant, je dénie à chacun le droit de mépriser cette pauvre, cette malheureuse femme.

---

1. En français dans le texte.

— Et vous-même, avez-vous encore autant de respect, autant de considération pour elle ? Ne faites-vous pas de différence entre la femme honnête en compagnie de qui vous étiez avant-hier et cette autre qui a décampé hier, avec un homme totalement étranger ?

— Aucune. Pas la moindre, non, pas la plus légère.

— *Is that so ?*

Malgré elle, elle s'exprima en anglais, tant l'entretien paraissait l'intéresser singulièrement ! Et après un court moment de réflexion, son regard clair se leva encore une fois, interrogateur, sur moi :

— Et si demain vous rencontriez Mme Henriette, par exemple à Nice, au bras de ce jeune homme, la salueriez-vous encore ?

— Certainement.

— Et lui parleriez-vous ?

— Certainement.

— Si vous... si vous étiez marié, présenteriez-vous à votre épouse une femme pareille, tout comme si rien ne s'était passé ?

— Certainement.

— *Would you really ?* dit-elle de nouveau en anglais, avec un étonnement incrédule et stupéfait.

— *Surely I would*, répondis-je également en anglais, sans m'en rendre compte.

Mrs C... se tut. Elle paraissait toujours plongée dans une intense réflexion, et soudain elle dit, tout en me dévisageant, comme étonnée de son propre courage :

— *I don't know, if I would. Perhaps I might do it also.*

Et pleine de cette assurance indescriptible avec laquelle seuls des Anglais savent mettre fin à une conversation, d'une manière radicale et cependant sans grossière brusquerie, elle se leva et me tendit amicalement la main. Grâce à son intervention le calme était rétabli et, en nous-mêmes, nous lui étions tous reconnaissants de pouvoir encore, bien qu'adversaires l'instant d'avant, nous saluer assez poliment, en voyant la tension dangereuse de l'atmosphère se dissiper sous l'effet de quelques faciles plaisanteries.

Bien que notre discussion se fût terminée courtoisement, il n'en subsista pas moins après cet acharnement et cette excitation une légère froideur entre mes contradicteurs et moi. Le couple allemand se montrait réservé, tandis que l'italien se complaisait à me demander sans cesse, les jours suivants, avec un petit air moqueur, si j'avais des nouvelles de la « cara signora Henrietta ». Malgré l'urbanité apparente de nos manières, il y avait à notre table quelque chose d'irrévocablement détruit dans la loyauté et la franchise de nos rapports.

La froideur ironique de mes anciens adversaires m'était rendue plus frappante par l'amabilité toute particulière que Mrs C… me manifestait depuis cette discussion. Elle qui d'habitude était de la plus extrême discrétion et qui en dehors des repas ne se laissait presque jamais aller à une conversation avec ses compagnons de table, elle trouva alors plusieurs fois l'occasion de m'adresser la parole, dans le jardin, et je pourrais presque dire de m'honorer en me distinguant, car la noble réserve de ses manières conférait à un entretien particulier le caractère d'une faveur spéciale. Oui, pour être sincère, je dois dire qu'elle me recherchait vraiment, et qu'elle saisissait chaque occasion d'entrer en conversation avec moi, et cela si visiblement que j'aurais pu en concevoir des pensées vaniteuses et étranges, si elle n'eût pas été une vieille dame à cheveux blancs. Mais chaque fois que nous parlions ainsi, notre conversation revenait inéluctablement à notre point de départ, à Mme Henriette. Mrs C… paraissait prendre un plaisir secret à accuser de manque de sérieux et de tenue morale cette femme oublieuse de son devoir. Mais, en même temps, elle paraissait se réjouir de la fidélité avec laquelle ma sympathie était restée du côté de cette femme fine et délicate, et de voir qu'à chaque fois, rien ne pouvait m'amener à renier cette sympathie. Toujours elle orientait nos entretiens dans ce sens. Finalement je ne savais plus que penser de cette insistance singulière et presque empreinte de spleen.

Cela dura quelques jours, cinq ou six, sans qu'une de ses paroles eût trahi la raison pour laquelle ce sujet de conversation avait pris pour elle une certaine importance. Mais j'en acquis la certitude lorsqu'au cours d'une promenade, je lui dis par hasard que mon séjour ici touchait à sa fin et que je pensais m'en aller le surlendemain. Alors son visage d'ordinaire si paisible prit soudain une expression étrangement tendue, et sur ses yeux gris de mer passa comme l'ombre d'un nuage :

— Quel dommage ! J'aurais encore tant de choses à discuter avec vous, dit-elle.

Et dès ce moment une certaine agitation, une certaine inquiétude indiqua que tout en parlant, elle songeait à quelque chose d'autre, qui l'occupait vivement et qui la détournait de notre entretien. Puis cet état d'absence sembla la gêner elle-même, car après un silence soudain, elle me tendit brusquement la main, en déclarant :

— Je vois que je ne puis pas exprimer clairement ce que je voudrais vous dire. Je préfère vous écrire.

Et, d'un pas plus rapide que celui que j'étais habitué à lui voir, elle se dirigea vers l'hôtel.

Effectivement le soir, peu de temps avant le dîner, je trouvai dans ma chambre une lettre d'une écriture énergique et franche, bien à elle. Malheureusement, j'ai fait montre d'une certaine insouciance concernant la correspondance reçue dans mes années de jeunesse, si bien que je ne puis pas reproduire le texte même de sa lettre – je dois me contenter d'en indiquer à peu près la teneur – où elle me demandait si elle pouvait se permettre de me raconter un épisode de sa vie.

Cet événement, écrivait-elle, était si ancien qu'il ne faisait pour ainsi dire plus partie de sa vie actuelle, et du fait que je partais dès le surlendemain, il lui devenait plus facile de parler d'une chose qui, depuis plus de vingt ans, l'avait occupée et tourmentée intérieurement. Si donc un tel entretien ne m'était pas importun, elle me priait de lui accorder une heure.

Cette lettre, dont je n'esquisse ici que le contenu, me fascina extraordinairement : son anglais, à lui seul, lui donnait un haut degré de clarté et de fermeté. Néanmoins, il ne me fut pas aisé de trouver une réponse, et je déchirai trois brouillons avant de lui répondre :

« C'est pour moi un honneur que vous m'accordiez tant de confiance, et je vous promets de répondre sincèrement au cas où vous me le demanderiez. Naturellement, il va sans dire que vous restez libre de ce que vous voudrez me confier. Mais ce que vous me raconterez, racontez-le, à vous et à moi, avec une entière vérité. Je vous prie de croire que je considère votre confiance comme une exceptionnelle marque d'estime. »

Le soir même, mon billet passa dans sa chambre, et le lendemain matin je trouvai cette réponse :

« Vous avez parfaitement raison ; la vérité à demi ne vaut rien, il la faut toujours entière. Je rassemblerai toutes mes forces pour ne rien dissimuler vis-à-vis de moi-même ou de vous. Venez après dîner dans ma chambre (à soixante-sept ans, je n'ai à craindre aucune fausse interprétation), car dans le jardin ou dans le voisinage des gens, je ne puis parler. Croyez-moi, il ne m'a pas été facile de me décider. »

Avant la fin de la journée, nous nous vîmes encore à table et nous conversâmes gentiment de choses indifférentes. Mais dans le jardin déjà, me rencontrant, elle m'évita avec une confusion visible et ce fut pour moi pénible et touchant à la fois de voir cette vieille dame aux cheveux blancs s'enfuir devant moi, craintive comme une jeune fille, dans une allée de pins parasols.

Le soir, à l'heure convenue, je frappai à sa porte ; elle s'ouvrit aussitôt. La chambre était plongée dans une certaine pénombre ; seule une petite lampe sur la table jetait un cône de lumière jaune dans la pièce, où régnait déjà une obscurité crépusculaire. Sans aucun embarras, Mrs C… vint à moi, m'offrit un fauteuil et s'assit en face de moi : chacun de ses mouvements, je le sentais bien, était étudié ; mais il y eut une pause, manifestement involontaire, celle qui précède une résolution difficile, pause qui dura longtemps, très longtemps, et que je n'osais pas rompre en prenant la parole, parce que je sentais qu'ici une volonté forte luttait énergiquement contre une forte résistance. Du salon au-dessous montaient parfois en tourbillonnant les sons affaiblis et décousus d'une valse, et j'écoutais avec une grande tension d'esprit, comme pour ôter à ce silence un peu de son oppression. Elle aussi semblait être désagréablement affectée par la dureté anti-naturelle de ce silence, car soudain elle se ramassa comme pour s'élancer et elle commença :

— Il n'y a que la première parole qui coûte. Je me suis préparée depuis déjà deux jours à être tout à fait claire et véridique : j'espère que j'y réussirai. Peut-être ne comprenez-vous pas encore pourquoi je vous raconte tout cela, à vous qui m'êtes étranger ; mais il ne se passe pas une journée, à peine une heure, sans que je pense à cet événement ; et vous pouvez en croire la vieille femme que je suis, si je vous dis qu'il est intolérable de rester le regard fixé, sa vie durant, sur un seul point de son existence, sur un seul jour. Car tout ce que je vais vous raconter occupe une période de seulement vingt-quatre heures, sur soixante-sept ans ; et je me suis moi-même souvent dit jusqu'au délire : « Quelle importance si on a eu un moment de folie, un seul ! » Mais on ne peut pas se débarrasser de ce que nous appelons, d'une expression très incertaine, la conscience ; et lorsque je vous ai entendu examiner si objectivement le cas Henriette, j'ai pensé que peut-être cette façon absurde de me tourner vers le passé et cette incessante accusation de moi-même par moi-même prendraient fin si je pouvais me décider à parler librement devant quelqu'un, de ce jour unique dans ma vie. Si au lieu d'être de religion anglicane, j'étais catholique, il y a longtemps que la confession m'aurait fourni l'occasion de me délivrer de ce secret – mais cette consolation nous est refusée, et c'est pourquoi je fais aujourd'hui cette étrange tentative de m'absoudre moi-même en vous prenant pour confident. Je sais que tout cela est très singulier, mais vous avez accepté sans hésiter ma proposition, et je vous en remercie.

Donc, je vous ai déjà dit que je voudrais vous raconter un seul jour de ma vie : le reste me semble sans importance, et ennuyeux pour tout autre que moi. Jusqu'à mes quarante-deux ans, il ne m'arriva rien que de tout à fait ordinaire. Mes parents étaient de riches landlords en Écosse ; nous possédions de grandes fabriques et de grandes fermes ; nous vivions, à la manière de la noblesse de notre pays, la plus grande partie de l'année dans nos terres, et à Londres pendant la *Season*. À dix-huit ans, je fis dans une société la connaissance de mon mari ; c'était le second fils de la notoire famille des R… et il avait servi dans l'Armée des Indes pendant dix ans. Nous nous mariâmes sans tarder et nous menions la vie sans soucis de notre classe sociale : trois mois à Londres, trois mois dans nos terres, et le reste du temps d'hôtel en hôtel, en Italie, en Espagne et en France. Jamais l'ombre la plus légère n'a troublé notre mariage ; les deux fils qui nous naquirent sont aujourd'hui des hommes faits. J'avais quarante ans lorsque mon mari mourut subitement. Il avait rapporté de ses années passées sous les tropiques une maladie du foie : je le perdis au bout de deux atroces semaines. Mon fils aîné avait déjà commencé sa carrière, le plus jeune était au collège ; ainsi, du jour au lendemain, j'étais devenue complètement seule, et cette solitude était pour moi, habituée à une communauté affectueuse, un tourment terrible. Il me paraissait impossible de rester un jour de plus dans la maison déserte, dont chaque objet me rappelait la perte tragique de mon mari bien-aimé : aussi je résolus de voyager beaucoup pendant les années à venir, tant que mes fils ne seraient pas mariés.

Au fond, depuis ce moment-là je considérai ma vie comme sans but et complètement inutile. L'homme avec qui j'avais partagé pendant vingt-trois ans chaque heure et chaque pensée, était mort ; mes enfants n'avaient pas besoin de moi ; je craignais de troubler leur jeunesse par mon humeur sombre et ma mélancolie ; quant à moi-même, je ne voulais et ne désirais plus rien. J'allais d'abord à Paris, parcourant dans mon désœuvrement les magasins et les musées ; mais la ville et les choses, tout me restait étranger, et j'évitais les gens, parce que je ne supportais pas les regards de compassion polie qu'ils jetaient sur mes vêtements de deuil. Il me serait impossible de raconter aujourd'hui comment passèrent ces mois de vagabondage morne et sans éclaircie ; je sais seulement que me hantait toujours le désir de mourir ; mais la force me manquait pour précipiter moi-même cette fin douloureusement désirée.

La seconde année de mon veuvage, c'est-à-dire dans la quarante-deuxième année de ma vie, au cours de cette fuite inavouée devant l'existence désormais sans intérêt pour moi, et pour essayer de tuer le temps, je m'étais rendue, au mois de mars, à Monte-Carlo. À parler sincèrement, c'était par ennui, pour échapper à ce vide torturant de l'âme qui met en nous comme une nausée et qui voudrait tout au moins trouver une diversion dans de petits excitants extérieurs. Moins ma sensibilité était vive en elle-même, plus je ressentais le besoin de me jeter là où le tourbillon de la vie est le plus rapide : quelqu'un qui n'éprouve plus rien ne vit plus que par les nerfs, à travers l'agitation passionnée des autres, comme au théâtre ou dans la musique.

C'est pourquoi j'allais souvent au Casino. C'était pour moi une excitation que de voir passer sur la figure d'autrui des vagues de bonheur ou d'accablement, tandis qu'en moi, c'était une affreuse marée basse. En outre mon mari, sans être léger, aimait assez fréquenter les salles de jeu, et c'est avec une sorte de piété spontanée que je continuais d'être fidèle à ses anciennes habitudes. C'est là que commencèrent ces vingt-quatre heures qui furent plus émouvantes que tout le jeu du monde et qui bouleversèrent mon destin pour des années.

À midi, j'avais déjeuné avec la duchesse de M…, une parente de ma famille. Après le dîner, je ne me sentis pas encore assez lasse pour aller me coucher. Alors j'entrai dans la salle de jeu, flânant d'une table à l'autre, sans jouer moi-même et regardant d'une façon spéciale les partenaires rassemblés là par le hasard. Je dis « d'une façon spéciale », car c'était celle que m'avait apprise mon défunt mari, un jour que fatiguée de regarder, je me plaignais de m'ennuyer à dévisager d'un air badaud toujours les mêmes figures : ces vieilles femmes ratatinées, qui restent là assises pendant des heures avant de risquer un jeton, ces professionnels astucieux et ces « cocottes » du jeu de cartes, toute cette société équivoque, venue des quatre coins de l'horizon et qui, comme vous le savez, est bien moins pittoresque et romantique que la peinture qu'on en fait toujours dans ces misérables romans où on la représente comme *la fleur de l'élégance*[1] et comme l'aristocratie de l'Europe. Et je vous parle d'il y a vingt ans, lorsque c'était encore de l'argent bien sonnant et trébuchant qui roulait, lorsque les crissants billets de banque, les napoléons d'or, les larges pièces de cinq francs tourbillonnaient pêle-mêle, et que le Casino était infiniment plus intéressant qu'aujourd'hui où, dans cette pompeuse citadelle du jeu rebâtie à la moderne, un public embourgeoisé de voyageurs d'agence Cook gaspille avec ennui ses jetons sans

---

1. En français dans le texte.

caractère. Cependant, à cette époque déjà, je ne trouvais que très peu de charme à cette monotonie de visages indifférents, jusqu'à ce qu'un jour mon mari (dont la chiromancie, l'interprétation des lignes de la main était la passion particulière) m'indiquât une façon toute spéciale de regarder, effectivement beaucoup plus intéressante, beaucoup plus excitante et captivante que de rester là planté avec indolence : elle consistait à ne jamais regarder un visage, mais uniquement le rectangle de la table et, à cet endroit, seulement les mains des joueurs, rien que leur mouvement propre.

Je ne sais pas si par hasard vous-même vous avez, un jour, simplement contemplé les tables vertes, rien que le rectangle vert au milieu duquel la boule vacille de numéro en numéro, tel un homme ivre, et où, à l'intérieur des cases quadrangulaires, des bouts tourbillonnants de papier, des pièces rondes d'argent et d'or tombent comme une semence qu'ensuite le râteau du croupier moissonne d'un coup tranchant, comme une faucille, ou bien pousse comme une gerbe vers le gagnant. La seule chose qui varie dans cette perspective, ce sont les mains, toutes ces mains, claires, agitées, ou en attente autour de la table verte ; toutes ont l'air d'être aux aguets, au bord de l'antre toujours différent d'une manche, mais chacune ressemblant à un fauve prêt à bondir, chacune ayant sa forme et sa couleur, les unes nues, les autres armées de bagues et de chaînes cliquetantes ; les unes poilues comme des bêtes sauvages, les autres flexibles et luisantes comme des anguilles, mais toutes nerveuses et vibrantes d'une immense impatience.

Malgré moi, je pensais chaque fois à un champ de courses, où, au départ, les chevaux excités sont contenus avec peine, pour qu'ils ne s'élancent pas avant le bon moment : c'est exactement de la même manière qu'elles frémissent, se soulèvent et se cabrent. Elles révèlent tout, par leur façon d'attendre, de saisir et de s'arrêter : griffues, elles dénoncent l'homme cupide ; molles, le prodigue ; calmes, le calculateur, et tremblantes, l'homme désespéré. Cent caractères se trahissent ainsi, avec la rapidité de l'éclair, dans le geste pour prendre l'argent, soit que l'un le froisse, soit que l'autre nerveusement l'éparpille, soit qu'épuisé on le laisse rouler librement sur le tapis, la main restant inerte.

Le jeu révèle l'homme, c'est un mot banal, je le sais ; mais je dis, moi, que sa propre main, pendant le jeu, le révèle plus nettement encore. Car tous ceux ou presque tous ceux qui pratiquent les jeux de hasard ont bientôt appris à maîtriser l'expression de leur visage : tout en haut, au-dessus du col de la chemise, ils portent le masque froid de *l'impassibilité*[1] ; ils contraignent à disparaître les plis se

---
1. En français dans le texte.

formant autour de la bouche ; ils relèguent leurs émotions entre leurs dents serrées ; ils dérobent à leurs propres yeux le reflet de leur inquiétude : ils donnent à leur visage un aspect lisse, plein d'une indifférence artificielle qui cherche à paraître de la distinction. Mais précisément parce que toute leur attention se concentre convulsivement sur ce travail de dissimulation de ce qu'il y a de plus visible dans leur personne, c'est-à-dire leur figure, ils oublient leurs mains, ils oublient qu'il y a des gens qui observent uniquement ces mains et qui devinent, grâce à elles, tout ce que s'efforcent de cacher là-haut la lèvre au pli souriant et les regards feignant l'indifférence. La main, elle, trahit sans pudeur ce qu'ils ont de plus secret. Car un moment vient inéluctablement où tous ces doigts, péniblement contenus et paraissant dormir, sortent de leur indolente désinvolture : à la seconde décisive où la boule de la roulette tombe dans son alvéole et où l'on crie le numéro gagnant, alors, à cette seconde, chacune de ces cent ou de ces cinq cents mains fait involontairement un mouvement tout personnel, tout individuel, imposé par l'instinct primitif. Et quand on est habitué à observer cette sorte d'arène des mains, comme moi, initiée depuis longtemps grâce à cette fantaisie de mon mari, on trouve plus passionnante que le théâtre ou la musique cette brusque façon, sans cesse différente, sans cesse imprévue, dont des tempéraments, toujours nouveaux, se démasquent : je ne puis pas vous décrire en détail les milliers d'attitudes qu'il y a dans les mains, pendant le jeu : les unes bêtes sauvages aux doigts poilus et crochus qui agrippent l'argent à la façon d'une araignée, les autres nerveuses, tremblantes, aux ongles pâles, osant à peine le toucher, les autres nobles ou vilaines, brutales ou timides, astucieuses ou quasi balbutiantes; mais chacune a sa manière d'être particulière, car chacune de ces paires de mains exprime une vie différente, à l'exception de celles de quatre ou cinq croupiers. Celles-ci sont de véritables machines; avec leur précision objective, professionnelle, complètement neutre par opposition à la vie exaltée des précédentes, elles fonctionnent comme les branches au claquement d'acier d'un tourniquet de compteur. Mais elles-mêmes, ces mains indifférentes, produisent à leur tour un effet étonnant par contraste avec leurs sœurs passionnées, tout à leur chasse : elles portent, si j'ose dire, un uniforme à part, comme des agents de police dans la houle et l'exaltation d'un peuple en émeute.

Ajoutez à cela l'agrément personnel qu'il y a, au bout de quelques soirs, à être familiarisé avec les multiples habitudes et passions de certaines mains; après quelques jours, je ne manquais pas de m'être fait parmi elles de nouvelles connaissances, et je les classais, tout comme des êtres humains, en sympathiques et antipathiques. Plusieurs me déplaisaient tellement par leur grossièreté et leur cupidité que mon regard s'en détournait chaque fois, comme d'une chose indécente. Mais, chaque main nouvelle qui apparaissait à la table était pour moi un événement et une curiosité : souvent j'en oubliais de regarder le visage correspondant qui, dominant le col, était planté là immobile, comme un froid masque mondain, au-dessus d'une chemise de smoking ou d'une gorge étincelante.

Donc ce soir-là, étant entrée au Casino, après être passée devant deux tables plus qu'encombrées et m'être approchée d'une troisième, au moment où je préparais déjà quelques pièces d'or, j'entendis avec surprise, à cet instant de pause entièrement muette, pleine de tension et dans laquelle le silence semble vibrer, qui se produit toujours lorsque la boule déjà presque à bout de course n'oscille plus qu'entre deux numéros, – j'entendis donc juste en face de moi un bruit très singulier, un craquement et un claquement, comme provenant d'articulations qui se brisent. Malgré moi, je regardai étonnée de l'autre côté du tapis. Et je vis là (vraiment, j'en fus effrayée !) deux mains comme je n'en avais encore jamais vu, une main droite et une main gauche qui étaient accrochées l'une à l'autre comme des animaux en train de se mordre, et qui s'affrontaient d'une manière si farouche et si convulsive que les articulations des phalanges craquaient avec le bruit sec d'une noix que l'on casse.

C'étaient des mains d'une beauté très rare, extraordinairement longues, extraordinairement minces, et pourtant traversées de muscles très rigides – des mains très blanches, avec, au bout, des ongles pâles, nacrés et délicatement arrondis. Eh bien, je les ai regardées toute la soirée – oui, regardées avec une surprise toujours renouvelée, ces mains extraordinaires, vraiment uniques —, mais ce qui d'abord me surprit d'une manière si terrifiante, c'était leur fièvre, leur expression follement passionnée, cette façon convulsive de s'étreindre et de lutter entre elles. Ici, je le compris tout de suite, c'était un homme débordant de force qui concentrait toute sa passion dans les extrémités de ses doigts, pour qu'elle ne fît pas exploser son être tout entier. Et maintenant... à la seconde où la boule tomba dans le trou avec un bruit sec et mat, et où le croupier cria le numéro... à cette seconde les deux mains se séparèrent soudain l'une de l'autre, comme deux animaux frappés à mort par une même balle.

Elles retombèrent toutes les deux, véritablement mortes et non pas seulement épuisées ; elles retombèrent avec une expression si accusée d'abattement et de désillusion, comme foudroyées et à bout de course, que mes paroles sont impuissantes à le décrire. Car jamais auparavant et jamais plus depuis lors, je n'ai vu des mains si éloquentes, où chaque muscle était comme une bouche et où la passion s'exprimait, tangible, presque par tous les pores.

Pendant un moment, elles restèrent étendues toutes les deux sur le tapis vert, telles des méduses échouées sur le rivage, aplaties et mortes. Puis l'une d'elles, la droite, se mit péniblement à relever la pointe de ses doigts; elle trembla, elle se replia, tourna sur elle-même, hésita, décrivit un cercle et finalement saisit avec nervosité un jeton qu'elle fit rouler d'un air perplexe entre l'extrémité du pouce et celle de l'index, comme une petite roue. Et soudain, cette main s'arqua comme une panthère faisant le gros dos, et elle lança ou plutôt elle cracha presque le jeton de cent francs qu'elle tenait, au milieu du carreau noir. Tout de suite, comme sur un signal, l'agitation s'empara aussi de la main gauche qui était restée inerte; elle se réveilla, glissa, rampa même, pour ainsi dire, vers sa sœur toute tremblante que son geste semblait avoir fatiguée, et toutes deux étaient maintenant frémissantes l'une à côté de l'autre; toutes deux, pareilles à des dents qui dans le frisson de la fièvre claquent légèrement l'une contre l'autre, tapotaient la table, sans bruit, de leurs jointures. Non, jamais, jamais encore, je n'avais vu des mains ayant une expression si extraordinairement parlante, une forme d'agitation et de tension si spasmodique. Sous cette grande voûte, tout le reste, le murmure qui remplissait les salons, les cris bruyants des croupiers, le va-et-vient des gens et celui de la boule elle-même, qui maintenant, lancée de haut, bondissait comme une possédée dans sa cage ronde au parquet luisant, – toute cette multiplicité d'impressions s'enchevêtrant et se succédant pêle-mêle et obsédant les nerfs avec violence, tout cela me paraissait brusquement mort et immobile à côté de ces deux mains frémissantes, haletantes, comme essoufflées, en attente, grelottantes et frissonnantes, à côté de ces deux mains inouïes qui me fascinaient quasiment et accaparaient toute mon attention.

Mais enfin, je ne pus y résister davantage : il me fallait voir l'homme, voir la figure à qui appartenaient ces mains magiques ; et anxieusement (oui, avec une anxiété véritable, car ces mains me faisaient peur !) mon regard glissa lentement le long des manches et jusqu'aux épaules étroites. Et de nouveau, j'eus un sursaut de frayeur, car cette figure parlait la même langue effrénée et fantastiquement surexcitée que les mains ; elle en avait à la fois la même expression d'acharnement terrible et la même beauté délicate et presque féminine. Jamais je n'avais vu un tel visage, pour ainsi dire collé sur la personne et séparé presque de celle-ci, pour vivre d'une vie propre, pour se laisser aller à l'exacerbation la plus complète ; et j'avais là une excellente occasion de l'examiner à loisir, comme un masque, comme une sorte d'œuvre plastique sans regard : cet œil, cet œil dément ne se tournait ni à droite ni à gauche, ne fût-ce que pour une seconde ; la pupille, rigide et noire, était comme une boule de verre sans vie, sous les paupières écarquillées, – reflet miroitant de cette autre boule couleur d'acajou qui roulait, qui bondissait follement et insolemment dans la petite cuvette ronde de la roulette. Jamais, il faut que je le répète encore, je n'avais vu un visage si exalté et si fascinant.

C'était celui d'un jeune homme, d'environ vingt-quatre ans ; il était mince, délicat, un peu allongé et par là si expressif. Tout comme les mains, il n'avait rien de viril, semblant plutôt appartenir à un enfant jouant avec passion : mais je ne remarquai tout cela que plus tard, car pour l'instant ce visage disparaissait complètement sous une expression frappante d'avidité et de fureur. La bouche mince, ouverte et brûlante, découvrait à moitié les dents : à une distance de dix pas, on pouvait les voir s'entrechoquer fiévreusement, tandis que les lèvres restaient figées et écartées. Une mèche de cheveux mouillés, d'un blond lumineux, était collée au front ; elle tombait sur le devant comme quelqu'un qui fait une chute, et un tremblement ininterrompu frémissait tout autour des narines, comme si de petites vagues invisibles ondulaient sous la peau. Et cette tête, toute penchée en avant, s'inclinait inconsciemment, de plus en plus vers l'avant, si bien qu'on avait le sentiment qu'elle était entraînée dans le tourbillon de la petite boule ; c'est alors seulement que je compris la crispation convulsive de ses mains : par cette seule contre-pression, par cette seule contraction, le corps arraché à son centre de gravité se tenait encore en équilibre.

Jamais encore (il faut sans cesse que je le répète), je n'avais vu un visage d'où la passion jaillissait tellement à découvert, si bestiale, dans sa nudité effrontée, et j'étais tout entière à le regarder, ce visage… aussi fascinée, aussi hypnotisée par sa folie que ses regards l'étaient par le bondissement et les tressautements de la boule en rotation. À partir de cette seconde, je ne remarquai plus rien dans la salle ; tout me paraissait sans éclat, terne et effacé, tout me semblait obscur en comparaison du feu jaillissant de ce visage ; et sans faire attention à personne d'autre, j'observai peut-être pendant une heure ce seul homme et chacun de ses gestes. Une lumière brutale étincela dans ses yeux, la pelote convulsée de ses mains fut brusquement déchirée comme par une explosion, et les doigts s'écartèrent violemment, en frémissant, lorsque le croupier poussa vers leur avide étreinte vingt pièces d'or.

Dans cette seconde, le visage s'illumina soudain et se rajeunit totalement ; les plis s'effacèrent, les yeux se mirent à briller, le corps, contracté en avant, se releva, clair et léger ; il était devenu souple comme un cavalier porté par le sentiment du triomphe : les doigts faisaient sonner avec vanité et amour les pièces rondes ; ils les faisaient glisser l'une contre l'autre, les faisaient danser et tinter comme dans un jeu. Puis il détourna de nouveau la tête avec inquiétude, parcourut le tapis vert comme avec les narines flaireuses d'un jeune chien de chasse qui cherche la bonne piste, et soudain, d'un geste rapide et nerveux, il versa toute la poignée de pièces d'or sur un des rectangles.

Et aussitôt recommença cette attitude de guetteur, cette tension. De nouveau partirent des lèvres ces mouvements de vagues aux vibrations électriques ; de nouveau les mains se contractèrent, la figure d'enfant disparut derrière l'anxiété du désir, jusqu'à ce que, à la manière d'une explosion, la déception vînt dissoudre cette crispation et cette tension : le visage, qui un instant plus tôt faisait l'effet de celui d'un enfant, se flétrit, devint terne et vieux ; les yeux furent mornes et éteints, et tout cela dans l'espace d'une seule seconde, tandis que la boule se fixait sur un numéro qu'il n'avait pas choisi. Il avait perdu : pendant quelques secondes, il regarda fixement, d'un air presque stupide, comme s'il n'eût pas compris ; mais aussitôt, au premier appel du croupier, comme stimulés par un coup de fouet, ses doigts agrippèrent de nouveau quelques pièces d'or. Toutefois, il n'avait plus d'assurance ; d'abord il plaça les pièces sur un rectangle, puis, changeant d'idée, sur un autre et, tandis que la boule était déjà en rotation, il lança vite dans le rectangle, d'une main tremblante, obéissant à une soudaine inspiration, encore deux billets de banque chiffonnés.

Cette alternance, ce mouvement palpitant de pertes et de gain, dura sans arrêt environ une heure ; et, pendant cette heure, je ne détournai pas même le temps d'un soupir mon regard fasciné par ce visage continuellement transformé, où passaient le flux et le reflux de toutes les passions. Je ne les quittais pas des yeux, ces mains magiques dont chaque muscle rendait plastiquement toute l'échelle des sentiments, montant et retombant à la manière d'un jet d'eau. Jamais au théâtre je n'ai regardé avec autant d'intérêt le visage d'un acteur que je le fis pour cette figure où se succédaient sans cesse, par à-coups, comme la lumière et les ombres sur un paysage, les couleurs et les sensations les plus changeantes.

Jamais je ne m'étais plongée dans un jeu aussi entièrement que dans le reflet de cette passion étrangère. Si quelqu'un m'avait observée à ce moment-là, il aurait pris forcément la fixité de mon regard d'acier pour une hypnose, et c'était bien aussi à cela que ressemblait mon état d'engourdissement complet : j'étais incapable de détourner mon regard de ce jeu d'expressions ; et tout ce qui se passait confusément dans la salle, lumière, rires, êtres humains et regards, flottait autour de moi comme une chose sans forme, comme une fumée jaune au milieu de laquelle se dressait ce visage – flamme parmi les flammes. Je n'entendais rien, je ne sentais rien, je ne voyais pas les gens qui se pressaient autour de moi, ni les autres mains se tendre brusquement comme des antennes, pour jeter de l'argent ou pour en ramasser par poignées ; je n'apercevais pas la boule ni n'entendais la voix du croupier, et pourtant je voyais, comme en un rêve, tout ce qui se passait, amplifié et grossi par l'émotion et l'exaltation, dans le miroir concave de ces mains. Car pour savoir si la boule tombait sur le rouge ou sur le noir, roulait ou s'arrêtait, je n'avais pas besoin de regarder la roulette : chaque phase, perte ou gain, attente ou déception, s'imprimait en traits de feu dans les nerfs et dans les expressions de ce visage dominé par la passion.

Mais alors arriva un moment terrible —, un moment qu'en moi-même j'avais redouté déjà sourdement pendant tout ce temps, un moment qui était suspendu comme un orage au-dessus de mes nerfs tendus et qui soudain les fit se rompre. De nouveau la boule s'était amortie avec de petits bruits de claquet, dans sa ronde carrière : de nouveau palpita cette seconde pendant laquelle deux cents lèvres retinrent leur souffle, jusqu'à ce que la voix du croupier annonçât, cette fois-ci, « zéro », tandis que déjà son râteau preste ramassait de tous les côtés les pièces sonores et le crissant papier.

À ce moment-là les deux mains contractées firent un mouvement particulièrement effrayant ; elles bondirent comme pour saisir quelque chose qui n'était pas là, puis elles s'abattirent, presque agonisantes, sur la table, n'étant plus qu'une masse inerte. Mais ensuite elles reprirent soudainement vie encore une fois ; elles coururent fiévreusement de la table au corps dont elles faisaient partie, grimpèrent comme des chats sauvages le long du tronc, fouillant nerveusement dans toutes les poches, en haut, en bas, à droite et à gauche, pour voir s'il n'y aurait pas encore quelque part, comme une dernière miette, une pièce de monnaie oubliée. Mais toujours elles revenaient vides ; toujours elles renouvelaient plus ardemment cette recherche vaine et inutile, tandis que déjà le plateau de la roulette s'était remis à tourner, que le jeu des autres continuait, que les pièces de monnaie tintaient, que les sièges remuaient et que les mille petits bruits confus remplissaient la salle de leur rumeur. Je tremblais, toute secouée d'horreur : tellement je participais malgré moi à tous ces sentiments, comme si c'étaient mes propres doigts qui, là, fouillaient désespérément, à la recherche de n'importe quelle pièce d'argent, dans les poches et les plis du vêtement tout chiffonné ! Et soudain, d'une brusque saccade, l'homme se leva en face de moi, comme quelqu'un qui se trouve subitement mal et qui se dresse pour ne pas étouffer ; derrière lui la chaise roula sur le sol, avec un bruit sec. Mais sans même le remarquer, sans faire attention aux voisins, qui, étonnés et inquiets, s'écartaient de cet homme chancelant, il s'éloigna de la table d'un pas lourd.

À cet aspect, je fus comme pétrifiée. Car je compris aussitôt où allait cet homme : à la mort. Quelqu'un qui se levait de cette façon ne retournait certainement pas dans un hôtel, dans un cabaret, chez une femme, dans un compartiment de chemin de fer, dans n'importe quelle situation de la vie, mais il se précipitait tout droit dans le néant. Même la personne la plus insensible de cette salle d'enfer aurait reconnu forcément que cet individu n'avait plus aucun appui, ni chez lui, ni dans une banque, ni chez des parents ; qu'il avait joué ici son dernier argent et sa vie même, et que maintenant de ce pas trébuchant, il s'en allait ailleurs, n'importe où, mais à coup sûr hors de l'existence.

J'avais toujours craint (et dès le premier moment je l'avais magiquement senti) qu'ici ne fût en jeu quelque chose de supérieur au gain et à la perte ; et cependant, ce fut comme un noir coup de foudre qui éclata en moi lorsque je constatai que la vie quittait brusquement les yeux de cet homme, et que la mort mettait son teint livide sur ce visage encore débordant d'énergie l'instant d'avant. Malgré moi (tellement j'étais sous l'emprise de ses gestes expressifs !) je dus me cramponner avec la main, pendant que cet homme se levait avec peine de sa place et chancelait, car sa démarche titubante passait maintenant dans mon propre corps, comme auparavant son excitation était entrée dans mes veines et dans mes nerfs. Mais ensuite, ce fut plus fort que moi, quelque chose *m'entraîna* : sans que je l'aie voulu, mon pied se mit en mouvement. Cela se fit d'une manière absolument inconsciente ; ce n'était pas moi qui agissais, mais quelque chose en moi fit que, sans faire attention à personne ni sans avoir conscience de mes propres mouvements, je courus vers le vestibule pour sortir.

Il était au vestiaire, l'employé lui avait apporté son pardessus. Mais ses bras ne lui obéissaient plus ; aussi le préposé très empressé l'aida, comme un infirme, à passer péniblement les manches. Je le vis porter machinalement ses doigts à la poche du gilet, pour donner un pourboire, mais après l'avoir tâtée jusqu'au fond, ils en sortirent vides. Alors il parut soudain se souvenir de tout ; il balbutia quelques mots embarrassés à l'employé, et tout comme précédemment, il se donna une brusque saccade en avant, puis comme un homme ivre, il descendit en trébuchant les marches du Casino, d'où l'employé le regarda encore un moment avec un sourire d'abord méprisant, avant de comprendre.

Cette scène était si bouleversante que j'eus honte de me trouver là. Malgré moi je me détournai, gênée d'avoir vu, comme au balcon d'un théâtre, le désespoir d'un inconnu ; mais soudain cette angoisse incompréhensible qui était en moi me poussa à le suivre. Vite, je me fis donner mon vestiaire et sans penser à rien de précis, tout machinalement, tout instinctivement, je m'élançai dans l'obscurité, sur les pas de cet homme.

Mrs C... interrompit un instant son récit. Tout le temps elle était restée sans bouger sur son siège, en face de moi, et elle avait parlé presque d'une traite avec ce calme et cette netteté qui lui étaient propres, comme ne peut le faire que quelqu'un qui s'y est préparé et qui a soigneusement mis en ordre les événements. C'était la première fois qu'elle s'arrêtait, elle hésita et soudain, abandonnant son récit, elle s'adressa directement à moi :

— J'ai promis, devant moi-même et devant vous, commença-t-elle un peu inquiète, de vous raconter avec une sincérité absolue tout ce qui s'est passé. Mais à mon tour, je dois exiger que vous ayez complètement foi dans ma sincérité et que vous n'attribuiez pas à ma manière d'agir des motifs cachés, dont aujourd'hui peut-être je ne rougirais pas, mais qui dans ce cas-là seraient une supposition entièrement fausse. Je dois donc souligner que, lorsque je suivis précipitamment dans la rue ce joueur accablé, je n'étais, par exemple, nullement amoureuse de ce garçon ; je ne pensais nullement à lui comme à un homme ; et de fait, moi qui étais alors une femme de plus de quarante ans, je n'ai jamais plus, après la mort de mon mari, jeté un seul regard sur un homme. C'était pour moi une chose *définitivement* révolue : je vous le dis expressément et il faut que je vous le dise, parce qu'autrement toute la suite vous serait inintelligible dans son horreur.

En vérité, il me serait difficile d'autre part, de qualifier avec précision le sentiment qui alors m'entraîna si irrésistiblement à la suite de ce malheureux : il y avait de la curiosité, mais surtout une peur terrible ou, pour mieux dire, la peur de quelque chose de terrible, que j'avais senti dès la première seconde planer, invisible, comme un nuage autour de ce jeune homme. Mais on ne peut ni analyser ni disséquer de telles impressions ; surtout parce qu'elles se produisent, enchevêtrées l'une dans l'autre, avec trop de violence, de rapidité et de spontanéité ; il est probable que je ne faisais là pas autre chose que le geste absolument instinctif que l'on fait pour secourir et retenir un enfant qui, dans la rue, va se jeter sous les roues d'une automobile. Sinon, comment expliquerait-on que des gens qui eux-mêmes ne savent pas nager s'élancent du haut d'un pont au secours de quelqu'un qui se noie ? C'est simplement une puissance magique qui les entraîne, une volonté qui les pousse à se jeter à l'eau avant qu'ils aient le temps de réfléchir à la témérité insensée de leur entreprise ; et c'est exactement ainsi, sans aucune pensée, sans réflexion et tout inconsciemment qu'alors j'ai suivi ce malheureux de la salle de jeu jusqu'à la sortie, et de la sortie jusque sur la terrasse.

Et je suis certaine que ni vous ni aucune personne ayant des yeux pour voir, n'auriez pu vous arracher à cette curiosité anxieuse, car rien n'était plus lamentable à imaginer que l'aspect de ce jeune homme de vingt-quatre ans tout au plus, qui péniblement, comme un vieillard, se traînait de l'escalier vers la rue en terrasse, titubant comme un homme ivre, les membres sans ressort, brisés. Il se laissa tomber sur un banc, lourdement, comme un sac. De nouveau ce mouvement me fit sentir en frissonnant que cet homme était à bout de tout. Seul tombe ainsi un mort, ou bien quelqu'un en qui il n'y a plus un muscle de vivant. La tête, penchée de travers, retombait par-dessus le dossier du banc ; les bras pendaient inertes et sans forme vers le sol ; dans la demi-obscurité des lanternes à la flamme vacillante, chaque passant aurait pensé à un fusillé. Et c'est ainsi (je ne puis pas m'expliquer comment cette vision se forma soudain en moi, mais soudain elle fut là, très concrète, avec une réalité horrible et terrifiante), c'est ainsi, sous l'aspect d'un fusillé, que je le vis devant moi en cette seconde, et j'avais la certitude aveugle qu'il portait un revolver dans sa poche et que le lendemain on trouverait ce corps étendu sur ce banc ou sur un autre, sans vie et inondé de sang. Car la façon dont il s'était laissé aller était celle d'une pierre qui tombe dans un gouffre et qui ne s'arrête pas avant d'en avoir atteint le fond : jamais je n'ai vu un geste physique exprimer autant de lassitude et de désespoir.

Et maintenant, imaginez ma situation : je me trouvais à vingt ou à trente pas derrière le banc où était assis cet homme immobile et effondré sur lui-même ; je ne savais que faire, poussée, d'une part, par la volonté de le secourir et, d'autre part, retenue par la timidité d'adresser dans la rue la parole à un inconnu, peur qui nous est inculquée par l'éducation et la tradition. Les becs de gaz mettaient leur flamme opaque et vacillante dans le ciel nuageux ; les passants très rares se hâtaient, car il allait être minuit et j'étais donc presque toute seule dans le jardin public avec cet homme à l'aspect de suicidé.

Cinq fois, dix fois, j'avais déjà réuni toutes mes forces et j'étais allée vers lui, mais toujours la pudeur me ramenait en arrière, ou peut-être cet instinct, ce pressentiment profond qui nous indique que ceux qui tombent, entraînent souvent dans leur chute ceux qui se portent à leur secours ; au milieu de ce flottement, je sentais moi-même clairement la folie et le ridicule de la situation. Cependant je ne pouvais ni parler ni m'en aller, ni faire quoi que ce fût, ni le quitter. Et j'espère que vous me croirez si je vous dis que je restai ainsi sur cette terrasse, allant et venant sans savoir quelle décision prendre, peut-être pendant une heure, une heure interminable, tandis que de leurs mille et mille petits battements, les vagues de la mer invisible grignotaient le temps, tellement me bouleversait et me pénétrait cette image de l'anéantissement complet d'un être humain.

Mais malgré tout, je ne trouvais pas le courage de parler ni d'agir; et je serais restée encore la moitié de la nuit à attendre de la sorte, à moins que peut-être un égoïsme plus intelligent m'eût finalement amenée à rentrer chez moi, oui, je crois même que j'étais déjà décidée à abandonner à son sort ce paquet de misère, quand quelque chose de plus fort que moi triompha de mon irrésolution. En effet, il se mit à pleuvoir. Déjà pendant toute la soirée, le vent avait rassemblé au-dessus de la mer de lourds nuages printaniers chargés de vapeur : on sentait, avec ses poumons et avec son cœur, que le ciel était lourd, oppressant. Soudain une goutte de pluie claqua sur le sol, et aussitôt un déluge massif s'abattit, en lourdes nappes d'eau chassées par le vent. Sans réfléchir, je me réfugiai sous l'auvent d'un kiosque et, bien que mon parapluie fût ouvert, les rafales bondissantes répandaient sur ma robe des gerbes d'eau. Jusque sur ma figure et sur mes mains je sentais jaillir la poussière froide des gouttes tombant sur le sol avec un bruit sec.

Mais (et c'était une chose si affreuse à voir qu'encore aujourd'hui, vingt ans après, ma gorge se serre, rien que d'y penser), malgré ce déluge torrentiel, le malheureux garçon restait immobile sur son banc, sans bouger le moins du monde. L'eau coulait et ruisselait par toutes les gouttières ; on entendait du côté de la ville le bruit grondant des voitures ; à droite et à gauche des gens aux manteaux relevés partaient en courant ; tout ce qui était vivant se faisait petit, s'enfuyait craintivement, cherchant un refuge ; partout chez l'homme et chez la bête on sentait la peur de l'élément déchaîné, – seul ce noir peloton humain-là sur son banc ne bougeait pas d'un pouce.

Je vous ai déjà dit que cet homme possédait le pouvoir magique d'exprimer ses sentiments par le mouvement et par le geste ; mais rien, rien sur terre n'aurait pu rendre ce désespoir, cet abandon absolu de sa personne, cette mort vivante, d'une manière aussi saisissante que cette immobilité, cette façon de rester assis là, inerte et insensible sous la pluie battante, cette lassitude trop grande pour se lever et faire les quelques pas nécessaires afin de se mettre sous un abri quelconque, cette indifférence suprême à l'égard de sa propre existence. Aucun sculpteur, aucun poète, ni Michel-Ange, ni Dante, ne m'a jamais fait comprendre le geste du désespoir suprême, la misère suprême de la terre d'une façon aussi émouvante et aussi puissante que cet être vivant qui se laissait inonder par l'ouragan, – déjà trop indifférent, trop fatigué pour se garantir par un seul mouvement.

Ce fut plus fort que moi, je ne pus agir autrement. D'un bond, je passai sous les baguettes cinglantes de la pluie et je secouai sur son banc ce paquet humain tout ruisselant d'eau.

« Venez ! » Je le saisis par le bras. Une chose indéfinissable me regarda fixement et avec peine. Une espèce de mouvement sembla vouloir se développer lentement en lui, mais il ne comprenait pas.

« Venez ! » Je tirai encore la manche toute mouillée, déjà presque en colère, cette fois.

Alors il se leva lentement, sans volonté et chancelant.

« Que voulez-vous ? » demanda-t-il.

À cela je ne trouvai aucune réponse, car je ne savais pas moi-même où aller avec lui : ce que je cherchais, c'était uniquement à l'arracher à cette froide averse, à cette indifférence insensée et suicidaire qui le faisait rester là dans le plus profond désespoir. Je ne lâchai pas son bras ; je continuai à le tirer, loque humaine sans volonté, jusqu'au kiosque dont le toit en auvent le protégerait au moins dans une certaine mesure contre les attaques furieuses de l'élément liquide que le vent fouettait sauvagement. En dehors de cela, je ne savais rien, je ne voulais rien. Je n'avais pensé d'abord qu'à une chose ; mettre cet homme sous un abri, dans un endroit sec.

Et ainsi nous étions là tous deux l'un à côté de l'autre, dans ce petit espace abrité, ayant derrière nous la paroi fermée du kiosque et au-dessus de nous seulement le toit protecteur qui était trop petit, et sous lequel la pluie inlassable pénétrait perfidement pour nous envoyer sans cesse, par de soudaines rafales, sur les vêtements et au visage, des lambeaux épars de froid liquide. La situation devenait intenable.

Je ne pouvais tout de même pas rester plus longtemps à côté de cet inconnu tout ruisselant. Et d'autre part, impossible, après l'avoir traîné ici avec moi, de le laisser tout bonnement, sans lui dire une parole. Il fallait absolument faire quelque chose ; peu à peu j'arrivai à une idée claire et nette. Le mieux, pensai-je, c'est de le conduire chez lui dans une voiture et de rentrer chez moi : demain il saura bien se débrouiller. Et ainsi je demandai à cet homme immobile près de moi et qui regardait fixement dans la nuit furibonde :

« Où habitez-vous ?

— Je n'habite nulle part... Je suis venu de Nice ce soir même... On ne peut pas aller chez moi. »

Je ne compris pas immédiatement la dernière phrase. Ce n'est que plus tard que je compris que cet homme me prenait pour... pour une de ces cocottes qui rôdent en grand nombre la nuit autour du Casino, parce qu'elles espèrent soutirer quelque argent à des joueurs heureux ou à des hommes pris d'ivresse. Après tout, qu'aurait-il pu penser d'autre, puisque maintenant encore, en vous racontant la chose, je sens toute l'invraisemblance, tout le fantastique de ma situation ? Quelle autre idée aurait-il pu se faire de moi, puisque la manière dont je l'avais arraché à son banc et entraîné sans aucune hésitation n'était vraiment pas celle d'une dame ? Mais cette pensée ne me vint pas d'abord. Ce n'est que plus tard, trop tard déjà, que j'eus peu à peu conscience de l'affreuse méprise qu'il commettait à mon sujet. Car autrement je n'aurais jamais prononcé les paroles suivantes, qui ne pouvaient que fortifier son erreur. Je lui dis, en effet : « Eh bien ! on prendra une chambre dans un hôtel. Vous ne pouvez pas rester ici. Il faut maintenant que vous vous mettiez à l'abri quelque part. »

Mais aussitôt je m'aperçus de sa très pénible erreur, car sans se tourner vers moi, il se contenta de dire avec une certaine ironie : « Non, je n'ai pas besoin de chambre. Je n'ai plus besoin de rien. Ne te donne aucune peine, il n'y a rien à tirer de moi. Tu es mal tombée, je n'ai pas d'argent. »

Cela fut dit encore d'un ton effrayant, avec une indifférence impressionnante ; et son attitude, cette façon molle de s'appuyer à la paroi du kiosque, de la part d'un être ruisselant, trempé jusqu'aux os et l'âme épuisée, m'affecta au point que je ne trouvai pas le temps de me sentir mesquinement et sottement offensée. Mon seul sentiment, le même depuis le début, depuis que je l'avais vu sortir en chancelant de la salle, et que pendant cette heure inimaginable j'avais éprouvé continuellement, était qu'ici un être humain, jeune, plein de vie, de souffle, était sur le point de mourir et que je *devais* le sauver. Je me rapprochai :

« Ne vous inquiétez pas pour l'argent et venez ! Vous ne pouvez pas rester ici ; je vous trouverai bien un abri. Ne vous inquiétez de rien, vous n'avez qu'à venir. »

Sa tête fit un mouvement et, tandis que la pluie tambourinait sourdement autour de nous et que l'averse jetait à nos pieds son eau clapotante, je sentis qu'au milieu de l'obscurité il s'efforçait pour la première fois d'apercevoir mon visage. Son corps aussi paraissait se réveiller lentement de sa léthargie.

« Eh bien, comme tu voudras, dit-il en acceptant, tout m'est égal… Après tout, pourquoi pas ? Partons. »

J'ouvris mon parapluie : il vint à côté de moi et passa son bras sous le mien. Cette familiarité soudaine me fut très désagréable. Même, elle m'effraya, je fus saisie d'épouvante jusqu'au fond de mon cœur. Mais je n'eus pas le courage de le lui interdire ; car si maintenant je le repoussais, il retombait dans l'abîme et tout ce que j'avais fait jusqu'ici était vain. Nous avançâmes de quelques pas dans la direction du Casino.

Alors seulement je me rendis compte que je ne savais que faire de lui. Le mieux me parut être, après une rapide réflexion, de le conduire dans un hôtel, de lui glisser alors de l'argent dans la main pour qu'il pût payer sa chambre et le lendemain rentrer chez lui : je ne pensais pas plus loin. Et comme des fiacres passaient à ce moment-là devant le Casino, j'en appelai un, où nous montâmes. Lorsque le cocher demanda où aller, je ne sus d'abord que répondre. Mais songeant soudain que cet homme trempé jusqu'aux os et tout ruisselant qui était à côté de moi ne serait admis dans aucun des bons hôtels et, d'autre part, en femme sans expérience que j'étais, ne pensant nullement à la possibilité d'une équivoque, je me contentai de dire au cocher :

« Dans un petit hôtel, n'importe lequel ! »

Le cocher, indifférent, inondé de pluie, fit partir les chevaux. L'inconnu assis près de moi restait muet ; les roues clapotaient et la pluie cinglait violemment les vitres : dans ce carré d'espace obscur, sans lumière, semblable à un cercueil, il me semblait accompagner un cadavre. J'essayais de réfléchir, de trouver une parole, pour atténuer la singularité et l'horreur de cette promiscuité silencieuse, mais rien ne me venait à l'esprit. Au bout de quelques minutes, la voiture s'arrêta. Je descendis la première et je payai le cocher, tandis que l'autre, tout somnolent, refermait la portière. Nous étions maintenant devant la porte d'un petit hôtel que je ne connaissais pas ; au-dessus de nous, une marquise de verre mettait sa petite voûte protectrice contre la pluie qui autour de nous, avec une affreuse monotonie, déchirait la nuit impénétrable.

L'inconnu, cédant à la pesanteur, s'était malgré lui appuyé au mur ; de son chapeau trempé, de ses vêtements chiffonnés l'eau tombait comme d'une gouttière. Il était là comme un noyé que l'on a repêché et qui a encore l'esprit tout engourdi, et autour de l'endroit précis où il s'appuyait, l'eau en s'égouttant formait un ruisselet. Mais il ne faisait pas le moindre effort pour l'éviter, pour secouer son chapeau d'où sans cesse des gouttes coulaient sur son front et sur son visage. Il était là, complètement impassible, et je ne saurais vous dire combien je me sentais émue par cet effondrement.

Mais maintenant il fallait agir. Je fouillai dans mon sac :

« Voici cent francs, dis-je, vous allez prendre une chambre, et demain matin vous rentrerez à Nice. »

Il me regarda, étonné.

« Je vous ai observé dans la salle de jeu, insistai-je après avoir remarqué son hésitation. Je sais que vous avez tout perdu, et je crains que vous ne soyez sur le point de faire une sottise. Ce n'est pas une honte que d'accepter du secours… Allons, prenez. »

Mais il repoussa ma main avec une énergie que je n'aurais pas cru possible de sa part.

« Tu es bien brave, dit-il, mais ne gaspille pas ton argent. Il n'y a plus rien à faire pour moi. Il est tout à fait indifférent que je dorme ou non cette nuit. Demain ce sera la fin de tout. Il n'y a plus rien à faire.

— Non, il faut que vous le preniez, insistai-je, demain vous penserez autrement. Maintenant entrez à l'hôtel et dormez un bon coup : la nuit porte conseil, tout sera différent quand il fera jour. »

Néanmoins, comme je lui tendais de nouveau l'argent, il me repoussa presque avec violence.

« Inutile, répéta-t-il d'une voix sourde, cela ne sert à rien. Il vaut mieux que la chose se passe dehors que de tacher de sang la chambre de ces gens-là. Cent francs ne peuvent pas m'aider, ni mille non plus. Avec les quelques francs qui me resteraient, je reviendrais demain au Casino et je n'en partirais que quand j'aurais tout perdu. Pourquoi recommencer ? J'en ai assez. »

Vous ne pouvez pas mesurer l'impression que faisait, au fond de mon âme, cette voix sourde ; mais représentez-vous la situation ; à deux pas de vous est un être humain, jeune, brillant, plein de vie, de santé, et l'on sait que, si l'on ne met pas en jeu toutes ses forces, dans deux heures cette fleur de jeunesse, qui pense, qui parle et qui respire ne sera plus qu'un cadavre. Alors je fus prise d'une sorte de colère, du désir furieux de triompher de cette résistance insensée. Je saisis son bras :

« Assez de sottises comme cela ! Vous allez entrer dans l'hôtel et prendre une chambre ; demain matin je viendrai vous chercher et je vous conduirai à la gare. Il faut que vous partiez d'ici ; il faut que demain même vous retourniez chez vous, et je n'aurai pas de cesse avant de vous voir moi-même muni de votre billet et monter dans le train. On ne verse pas sa vie au fossé, quand on est jeune, pour avoir perdu quelques centaines ou quelques milliers de francs. C'est une lâcheté, une crise stupide de colère et d'exaspération. Demain vous me donnerez vous-même raison.

— Demain ! répéta-t-il d'un ton étrangement amer et ironique. Demain ! Si tu savais où je serai demain ! Si je le savais moi-même ! Je suis, à vrai dire, déjà un peu curieux à ce sujet. Non, rentre chez toi, ma petite, ne te donne pas de peine et ne gaspille pas ton argent. »

Mais je ne cédai pas. Il y avait en moi comme une manie, comme une furie. Je saisis violemment sa main, et j'y mis de force le billet de banque.

« Prenez l'argent et entrez aussitôt ! »

Et, ce disant, j'allai résolument à la sonnette et je la tirai :

« Bien, maintenant j'ai sonné, le portier va venir ; vous monterez et vous vous coucherez.

Demain à neuf heures je vous attendrai devant la maison et je vous conduirai aussitôt à la gare. Ne vous inquiétez pas du reste, je ferai le nécessaire pour que vous puissiez retourner chez vous. Mais à présent couchez-vous, dormez bien et ne pensez plus à rien. »

À ce moment, de l'intérieur, la clé grinça dans la porte et le garçon de l'hôtel ouvrit.

« Viens ! » dit-il alors brusquement, d'une voix dure, décidée, irritée.

Et je sentis autour de mon poignet l'étreinte de fer de ses doigts. Je fus saisie d'effroi… Je fus tellement effrayée, tellement paralysée, comme frappée par la foudre que je n'eus plus ma tête à moi… Je voulais me défendre, me dégager… mais ma volonté était comme neutralisée… et je… vous le comprendrez… je… j'avais honte, devant le portier, qui s'impatientait, de me débattre contre un inconnu. Et ainsi… ainsi, je me trouvai brusquement à l'intérieur de l'hôtel. Je voulais parler, dire quelque chose, mais la voix s'étouffait dans mon gosier… Sa main était posée sur mon bras, lourde et autoritaire… Sans que j'eusse conscience de ce que je faisais, je sentis obscurément qu'elle m'entraînait dans l'escalier… Une clé tourna…

Et soudain, je me retrouvai seule avec cet inconnu, dans une chambre inconnue, dans un hôtel quelconque, dont aujourd'hui encore je ne sais pas le nom.

Mrs C... s'arrêta de nouveau et elle se leva brusquement ; sa voix paraissait ne plus lui obéir. Elle alla à la fenêtre, regarda silencieusement quelques minutes au-dehors, ou peut-être ne fit-elle qu'appuyer son front contre la vitre froide : je n'eus pas le courage de l'observer attentivement, car il m'était pénible d'observer la vieille dame en proie à son émotion. Aussi restai-je assis, muet, sans questionner, sans faire de bruit et j'attendis, jusqu'à ce qu'elle revînt d'un pas mesuré s'asseoir en face de moi.

— Bien, maintenant, le plus difficile est dit. Et j'espère que vous me croirez si je vous affirme encore une fois, si je vous jure sur tout ce qui m'est sacré, sur mon honneur et sur la tête de mes enfants, que jusqu'à cette seconde-là pas la moindre pensée d'une... d'une union avec cet inconnu ne m'était venue à l'esprit, que réellement j'étais sans volonté et que, privée de conscience, j'étais tombée soudain, comme par une trappe, du chemin régulier de mon existence, dans cette situation. Je me suis juré d'être véridique, envers vous et envers moi ; je vous répète donc encore une fois que c'est uniquement par la volonté presque exaspérée de secourir ce jeune homme et non par un autre sentiment, par un sentiment personnel, que c'est donc tout à fait sans aucun désir, et en toute innocence, que je fus précipitée dans cette aventure tragique.

Vous me dispenserez de vous raconter ce qui se passa cette nuit-là dans cette chambre ; je n'ai jamais oublié ni n'oublierai aucune seconde de cette nuit. Car là, j'ai lutté avec un être humain pour sa vie, oui, je le répète, dans ce combat, c'était une question de vie ou de mort.

Chacun de mes nerfs sentait trop infailliblement que cet étranger, que cet homme déjà à demi perdu s'attachait à la dernière planche de salut, avec toute l'ardeur et la passion de quelqu'un qui est mortellement menacé. Il s'accrochait à moi comme celui qui déjà sent sous lui l'abîme. Quant à moi, je déployai toutes mes ressources, tout ce qu'il y avait en moi, pour le sauver.

On ne vit une heure pareille qu'une seule fois dans sa vie, et cela n'arrive qu'à une personne parmi des millions ; moi non plus, je ne me serais jamais doutée, sans ce terrible hasard, avec quelle force de désespoir, avec quelle rage effrénée un homme abandonné, un homme perdu aspire une dernière fois la moindre goutte écarlate de la vie ; éloignée pendant vingt ans, comme je l'avais été, de toutes les puissances démoniaques de l'existence, je n'aurais jamais compris la manière grandiose et fantastique dont parfois la nature concentre dans quelques souffles rapides tout ce qu'il y a en elle de chaleur et de glace, de vie et de mort, de ravissement et de désespérance. Et cette nuit fut tellement remplie de luttes et de paroles, de passion, de colère et de haine, de larmes de supplication, d'ivresse qu'elle me parut durer mille ans et que nous, ces deux êtres humains qui chancelaient enlacés vers le fond de l'abîme, l'un enragé de mourir, l'autre en toute innocence – nous sortîmes complètement transformés de ce tumulte mortel, différents, entièrement changés, avec un autre esprit et une autre sensibilité.

Mais je n'en parlerai pas. Je ne peux ni ne veux le décrire. Je dois pourtant vous dire un mot de la minute inouïe que fut mon réveil, le lendemain matin. Je m'éveillai d'un sommeil de plomb, d'une noire profondeur comme je n'en connus jamais. Il me fallut longtemps pour ouvrir les yeux, et la première chose que je vis fut, au-dessus de moi, le plafond d'une chambre inconnue, puis, en tâtonnant encore un peu plus, un endroit étranger, ignoré de moi, affreux, dont je ne savais pas comment j'avais pu faire pour y tomber. D'abord, je m'efforçai de croire que ce n'était qu'un rêve, un rêve plus net et plus transparent, auquel avait abouti ce sommeil si lourd et si confus; mais devant les fenêtres brillait déjà la lumière crue et indéniablement réelle du soleil, la lumière du matin; on entendait monter les bruits de la rue, avec le roulement des voitures, les sonneries des tramways, la rumeur des hommes; et maintenant je savais que je ne rêvais plus, mais que j'étais éveillée. Malgré moi, je me redressai, pour reprendre mes esprits, et là…, en regardant sur le côté…, là, je vis (jamais je ne pourrai vous décrire ma terreur) un homme inconnu dormant près de moi dans le large lit… mais c'était un inconnu, un parfait étranger, un homme demi-nu et que je ne connaissais pas…

Non, cette terreur, je le sais, ne peut se raconter : elle me saisit si fort que je retombai inanimée. Mais ce n'était pas un évanouissement véritable, dans lequel on n'a plus conscience de rien; au contraire : avec la rapidité d'un éclair, tout fut pour moi aussi conscient qu'inexplicable et je n'eus plus que le désir de mourir de dégoût et de honte à me trouver ainsi, tout à coup, avec un être absolument inconnu, dans le lit étranger d'un hôtel borgne et des plus suspects. Je m'en souviens encore nettement : le battement de mon cœur s'arrêta, je retins mon souffle comme si j'avais pu par là mettre fin à ma vie et surtout à ma conscience, à cette conscience claire, d'une clarté épouvantable, qui percevait tout et qui, cependant, ne comprenait rien.

Je ne saurai jamais combien de temps je restai ainsi, étendue, glacée dans tous mes membres : les morts ont sans doute une rigidité pareille dans leur cercueil. Je sais seulement que j'avais fermé les yeux et que je priais Dieu ou n'importe quelle puissance du ciel, pour que tout cela ne fût pas vrai, pour que tout cela ne fût pas réel. Mais mes sens aiguisés ne me permettaient plus aucune illusion : j'entendis dans la chambre voisine des gens parler, de l'eau couler ; dehors, des pas glissaient dans le couloir et chacun de ces indices attestait implacablement le cruel état de veille de mes sens.

Je ne puis dire combien de temps dura cette atroce situation : de telles secondes ne sont pas à la mesure de la vie ordinaire. Mais soudain, je fus saisie d'une autre crainte ; la crainte sauvage et affreuse que cet étranger, dont je ne connaissais même pas le nom, ne se réveillât et ne m'adressât la parole. Et aussitôt je sus qu'il n'y avait pour moi qu'une seule ressource : m'habiller, m'enfuir avant son réveil. N'être plus vue par lui, ne plus lui parler. Me sauver à temps, m'en aller, m'en aller, pour retrouver de n'importe quelle manière ma véritable vie, pour rentrer dans mon hôtel et aussitôt, par le premier train, quitter cet endroit maudit, quitter ce pays, pour ne plus jamais rencontrer cet homme, ne plus voir ses yeux, n'avoir pas de témoin, d'accusateur et de complice. Cette pensée triompha de mon évanouissement : très prudemment, avec les mouvements furtifs d'un voleur, je sortis du lit et je saisis à tâtons mes vêtements, en avançant pouce par pouce (pour ne surtout pas faire de bruit).

Je m'habillai avec des précautions infinies, redoutant à chaque seconde son réveil et bientôt j'étais prête, déjà j'avais réussi. Seul mon chapeau était encore de l'autre côté, par terre, au pied du lit, et au moment où, sur la pointe des pieds, j'allais le ramasser, à cette seconde-là, *je ne pus pas* faire autrement : malgré moi il me fallut jeter encore un regard sur le visage de cet homme qui était tombé dans ma vie comme une pierre du haut d'une corniche. Je ne voulais jeter sur lui qu'un regard mais... chose bizarre, car le jeune inconnu qui dormait là était *véritablement* un étranger pour moi : au premier moment, je ne reconnus pas du tout le visage de la veille. En effet les traits tendus, crispés par la passion, convulsifs et bouleversés de l'homme mortellement surexcité étaient comme effacés ; l'individu étendu là avait une autre figure, enfantine, celle d'un petit garçon et qui rayonnait pour ainsi dire de pureté et de sérénité. Les lèvres, hier serrées et crispées sur les dents, rêvaient, doucement entrouvertes et déjà à demi arrondies pour le sourire ; les cheveux blonds étalaient leurs boucles souples sur le front sans rides, et la respiration montant paisiblement de la poitrine parcourait le corps au repos, de tout un jeu d'ondes tranquilles.

Vous vous rappelez peut-être que je vous ai dit précédemment n'avoir encore jamais observé, avec autant de force et à un degré aussi violemment accusé que chez cet inconnu assis à la table de jeu, l'expression de l'avidité farouche et de la passion chez un homme. Et je vous dirai à présent que jamais, même chez les enfants, qui ont parfois, dans leur sommeil de nourrisson, une lueur de sérénité angélique, je n'ai vu une pareille expression de pureté limpide, de sommeil véritablement *bienheureux*. Sur ce visage, tous les sentiments s'inscrivaient avec une plasticité sans pareille, et c'était maintenant une détente paradisiaque, une libération de toute lourdeur intérieure, une délivrance.

À cet aspect étonnant, toute anxiété, toute peur tomba de moi, comme un lourd manteau noir ; je n'avais plus honte, non, j'étais presque heureuse. Cet événement terrible et incompréhensible avait soudain un sens pour moi ; je me *réjouissais*, j'étais fière à la pensée que ce jeune homme, délicat et beau, qui était couché ici serein et calme comme une fleur, aurait été trouvé, sans mon dévouement, quelque part contre un rocher, brisé, sanglant, le visage fracassé, sans vie et les yeux grands ouverts ; je l'avais sauvé, il était sauvé ! Et je regardais maintenant d'un œil *maternel* (je ne trouve pas d'autre mot) cet homme endormi à qui j'avais redonné la vie – avec plus de souffrance que lorsque mes propres enfants étaient venus au monde. Et au milieu de cette chambre crasseuse et garnie de vieilleries, dans ce répugnant et malpropre hôtel de passe, j'éprouvai tout à coup (aussi ridicules que ces mots vous paraissent) le même sentiment que si j'avais été dans une église, une impression bienheureuse de miracle et de sanctification. De la seconde la plus épouvantable que j'avais vécue dans toute mon existence, naissait en moi, comme une sœur, une autre seconde, la plus étonnante et la plus puissante qui fût.

Avais-je fait trop de bruit, avais-je parlé sans m'en rendre compte ? Je ne le sais pas. Mais soudain le dormeur ouvrit les yeux. Je fus effrayée et je reculai brusquement. Il regarda surpris autour de lui, tout comme je l'avais fait moi-même auparavant, et il parut sortir à son tour, péniblement, d'une profondeur et d'un chaos immenses. Son regard fit, non sans effort, le tour de cette chambre étrangère et inconnue, puis il s'arrêta sur moi, avec stupéfaction. Mais avant même qu'il pût parler ou retrouver tous ses esprits, je m'étais ressaisie. Il ne fallait pas lui laisser prononcer une parole, lui permettre une question, une familiarité ; rien de ce qui s'était passé hier et cette nuit ne devait se répéter, s'expliquer, se discuter.

« Il faut que je m'en aille, lui signifiai-je rapidement. Vous, restez ici et habillez-vous. À midi je vous verrai à l'entrée du Casino : là, je m'occuperai de tout le nécessaire. »

Et, avant qu'il pût répondre un seul mot, je m'enfuis pour ne plus voir cette chambre, et je courus sans me retourner, hors de cette maison, dont je savais aussi peu le nom que celui de l'inconnu avec qui j'y avais passé une nuit.

Mrs C... interrompit son récit, le temps de reprendre haleine. Mais toute tension et toute souffrance avaient disparu de sa voix. Comme une voiture qui monte d'abord péniblement la côte, mais qui après avoir atteint la hauteur, redescend la pente en roulant légère et rapide, son récit avait maintenant des ailes :

« Donc je courus à mon hôtel, par les rues emplies de la clarté matinale, l'orage ayant chassé du ciel, au-dessus d'elles, toute lourdeur, comme était dissipé en moi tout sentiment douloureux. En effet, n'oubliez pas ce que je vous ai précédemment raconté : depuis la mort de mon mari, j'avais complètement renoncé à la vie. Mes enfants n'avaient pas besoin de moi, je ne m'intéressais pas à moi-même, et toute vie qui ne se voue pas à un but déterminé est une erreur. Or, pour la première fois, à l'improviste, une mission m'incombait : j'avais sauvé un homme, je l'avais arraché à la destruction, en mettant en jeu toutes mes forces.

Il ne restait plus qu'à triompher d'un petit obstacle, pour mener cette mission à bonne fin.

J'arrivai à mon hôtel : le regard du portier, exprimant l'étonnement de me voir rentrer chez moi seulement à neuf heures du matin, glissa sur moi ; de la honte et du chagrin que j'avais eus, rien ne subsistait plus en moi : mais une renaissance soudaine de ma volonté de vivre, un sentiment neuf de la nécessité de mon existence faisaient couler dans mes veines un sang chaud et abondant. Arrivée dans ma chambre, je changeai rapidement de vêtements ; je quittai sans m'en rendre compte (ce n'est que plus tard que je le remarquai) mon vêtement de deuil pour en prendre un plus clair ; j'allai à la banque chercher de l'argent ; je me rendis en hâte à la gare pour me renseigner sur le départ des trains ; avec une décision qui m'étonnait moi-même, j'arrangeai en outre quelques autres affaires et rendez-vous. Il ne me restait plus qu'à assurer le retour dans son pays et le sauvetage définitif de cet homme que le destin m'avait confié.

À vrai dire, il me fallait de l'énergie pour l'aborder maintenant. Car la veille, tout s'était passé dans l'obscurité, dans un tourbillon, comme quand deux pierres entraînées par un torrent se heurtent soudain ; nous nous connaissions à peine de vue, et je n'étais même pas certaine que l'étranger pût encore me reconnaître. La veille, ç'avait été un hasard, une ivresse, la folie démoniaque de deux êtres égarés, mais aujourd'hui il fallait me livrer à lui plus ouvertement qu'hier, parce que maintenant, à la clarté impitoyable de la lumière du jour, j'étais forcée de l'aborder avec ma personne, avec mon visage, comme quelqu'un de bien vivant.

Mais tout cela se fit plus facilement que je ne le pensais. À peine, à l'heure convenue, m'étais-je approchée du Casino qu'un jeune homme se leva d'un banc et courut au-devant de moi. Il y avait quelque chose d'aussi spontané, d'aussi enfantin, ingénu et heureux dans sa surprise que dans chacun de ses mouvements si expressifs : il volait ainsi vers moi avec, dans le regard, un rayon de joie reconnaissante et en même temps respectueuse, et dès que ses yeux sentirent qu'en sa présence les miens se troublaient, ils se baissèrent humblement. La reconnaissance, on la voit si rarement se manifester chez les gens ! Et même les plus reconnaissants ne trouvent pas l'expression qu'il faudrait ; ils se taisent, tout troublés ; ils ont honte et contrefont souvent l'embarras, pour cacher leurs sentiments. Mais ici, dans cet être à qui Dieu comme un sculpteur mystérieux avait donné tous les gestes capables d'exprimer les sentiments d'une manière sensible, belle et plastique, le geste de la reconnaissance brillait comme une passion qui rayonnait de tout son corps.

Il se pencha sur ma main et, la ligne délicate de sa tête d'enfant s'inclinant avec dévotion, il resta ainsi pendant une minute à me baiser respectueusement les doigts en ne faisant que les effleurer ; puis il se recula, s'informa de ma santé, me regarda avec attendrissement et il y avait tant de décence dans chacune de ses paroles qu'au bout de quelques minutes toute inquiétude m'eut quittée.

Et, comme un reflet de mon propre allégement moral, le paysage brillait autour de nous, complètement apaisé : la mer qui, la veille, se gonflait de colère, était si calme, silencieuse et limpide que l'on voyait briller de loin, très blanc, le moindre galet sous les petits flots ourlant le rivage ; le Casino, cet abîme infernal, dressait sa clarté mauresque dans le ciel balayé de frais et comme damassé ; et le kiosque, sous l'auvent duquel la pluie battante nous avait contraints de nous réfugier, s'était épanoui en une boutique de fleuriste : il y avait là, dans un pêle-mêle diapré et à foison, blancs, rouges, verts et multicolores, de larges bouquets de fleurs et de verdure que vendait une jeune fille à la blouse éclatante.

Je l'invitai à déjeuner dans un petit restaurant ; là le jeune inconnu me raconta l'histoire de sa tragique aventure. C'était l'entière confirmation de mon premier pressentiment, lorsque j'avais vu sur le tapis vert ses mains tremblantes et nerveusement agitées. Il descendait d'une famille de vieille noblesse de la Pologne autrichienne ; il se destinait à la carrière diplomatique ; il avait fait ses études à Vienne et, un mois auparavant, il avait passé le premier de ses examens avec un succès extraordinaire. Pour fêter ce jour-là et en guise de récompense, son oncle, un officier supérieur de l'état-major, chez qui il habitait, l'avait emmené au Prater en fiacre, et ils étaient allés ensemble au champ de courses.

L'oncle fut heureux au jeu; il gagna trois fois de suite; lestés d'un gros paquet de billets de banque ainsi acquis, ils allèrent dîner ensuite dans un élégant restaurant. Le lendemain, pour son succès à l'examen, le futur diplomate reçut de son père une somme d'argent égale à la mensualité qu'on lui faisait; deux jours plus tôt cette somme lui aurait semblé énorme, mais maintenant, après la facilité de ce gain, elle lui parut insignifiante et mesquine. Aussi, dès qu'il eut déjeuné, il retourna à l'hippodrome, paria passionnément et farouchement, et son bonheur (ou plutôt son malheur) voulut qu'il quittât le Prater après la dernière course, avec le triple de son argent.

Dès lors la rage du jeu, tantôt aux courses, tantôt dans les cafés ou dans les clubs, s'empara de lui, dévorant son temps, ses études, ses nerfs, et surtout ses ressources. Il n'était plus capable de penser, de dormir en paix et encore moins de se dominer; une fois, c'était la nuit, rentré du club où il avait tout perdu, il trouva en se déshabillant, un billet de banque oublié et tout froissé dans son gilet; ce fut plus fort que lui, il se rhabilla et rôda à droite et à gauche, jusqu'à ce qu'il trouvât dans un café des joueurs de dominos, avec qui il resta jusqu'à la pointe de l'aube.

Un jour, sa sœur qui était mariée vint à son aide en payant les dettes qu'il avait contractées auprès d'usuriers empressés à ouvrir un crédit à l'héritier d'un grand nom. Pendant un certain temps la chance le favorisa, mais ensuite ce fut la déveine continuelle, et plus il perdait, plus ses engagements non remplis et sa parole d'honneur donnée et non tenue exigeaient impérieusement, pour le sauver, des gains importants. Il y avait longtemps déjà qu'il avait donné en gage sa montre, ses vêtements, et finalement se produisit quelque chose d'épouvantable : il vola à sa vieille tante, dans une armoire, deux gros pendentifs qu'elle portait rarement. Il engagea l'un contre une forte somme, laquelle, le soir même, fut quadruplée par le jeu. Mais au lieu de se retirer, il risqua le tout et il perdit.

Au moment de son départ en voyage, le vol n'était pas encore découvert; aussi engagea-t-il le second pendentif et, obéissant à une inspiration subite, il prit le train pour Monte-Carlo, afin de gagner à la roulette la fortune dont il rêvait. Déjà il avait vendu sa malle, ses habits, son parapluie; il ne lui restait plus rien que son revolver avec quatre balles, et une petite croix ornée de pierres précieuses, que lui avait donnée sa marraine, la princesse de X…, et dont il ne voulait pas se séparer. Mais l'après-midi, il avait vendu cette croix pour cinquante francs, uniquement afin de pouvoir, le soir même, essayer de goûter une dernière fois à la joie frémissante du jeu, à la vie ou à la mort.

Il me racontait tout cela avec la grâce captivante de son être si vivant, si authentique. Et j'écoutais, émue, ébranlée, fascinée ; et à aucun instant je ne songeai à m'indigner en pensant que cet homme qui se trouvait là à ma table était, après tout, un voleur. Si, la veille, quelqu'un m'avait simplement insinué que moi, une femme au passé irréprochable et qui exigeait dans sa société une dignité stricte et de bon ton, je serais un jour assise familièrement à côté d'un jeune homme totalement inconnu, à peine plus âgé que mon fils, et qui avait volé des pendentifs de perles, je l'aurais tenu pour un insensé.

Mais à aucun moment de son récit, je n'éprouvai un sentiment d'horreur ; il racontait tout cela si naturellement et avec une telle passion que son acte paraissait plutôt l'effet d'un état de fièvre, d'une maladie, qu'un délit scandaleux. Et ensuite, pour quelqu'un qui comme moi avait, la nuit passée, vécu des événements si inattendus, précipités comme une cataracte, le mot « impossible » avait perdu brusquement son sens. Dans ces dix heures, l'expérience que j'avais acquise de la réalité était infiniment plus grande que celle que m'avaient procurée précédemment quarante ans de vie respectable.

Cependant, quelque chose d'autre m'effrayait dans cette confession : c'était l'éclat fiévreux qui passait dans ses yeux et qui faisait vibrer électriquement tous les muscles de son visage lorsqu'il évoquait sa passion du jeu. En parler suffisait à l'exciter, et avec une terrible netteté son visage expressif traduisait ses moindres mouvements de tension, joyeux ou douloureux. Malgré lui ses mains, ces mains admirables, nerveuses et souples, redevinrent elles-mêmes, tout comme à la table de jeu, des rapaces, des êtres furibonds et fuyants : je les vis, tandis qu'il racontait, frémir soudain aux articulations, se courber vivement et se crisper en forme de poing, puis se détendre et de nouveau se pelotonner l'une dans l'autre.

Et au moment où il confessait le vol des pendentifs, elles mimèrent (ce qui me fit tressaillir malgré moi), bondissantes et rapides comme l'éclair, le geste du voleur ; je *vis* véritablement les doigts s'élancer follement sur la parure et l'engloutir prestement dans le creux de la main. Et je reconnus avec un effroi indicible que cet homme était empoisonné par sa passion, jusque dans la dernière goutte de son sang.

La seule chose qui dans son récit m'émouvait et me terrifiait au plus haut point, c'était cet asservissement d'un homme jeune, serein et insouciant par nature, à une passion insensée. Aussi je considérai comme mon devoir absolu de persuader amicalement mon protégé improvisé de quitter aussitôt Monte-Carlo, où la tentation était très dangereuse ; il fallait que le jour même il partît retrouver sa famille, avant que la disparition des pendentifs fût remarquée et son avenir ruiné pour toujours. Je lui promis de l'argent pour le voyage et pour dégager la parure, mais seulement à la condition qu'il prît le train le jour même et qu'il me jurât sur son honneur qu'il ne toucherait plus une carte ni ne participerait plus à aucun jeu de hasard.

Je n'oublierai jamais la reconnaissance passionnée, d'abord humble, puis peu à peu s'illuminant, avec laquelle cet inconnu, cet homme perdu, m'écoutait ; je n'oublierai jamais la façon dont il *buvait* mes paroles lorsque je lui promis de l'aider ; et soudain il allongea ses deux mains au-dessus de la table pour saisir les miennes avec un geste pour moi inoubliable, comme d'adoration et de promesse sacrée. Dans ses yeux clairs dont le regard était resté un peu égaré, il y avait des larmes ; tout son corps tremblait nerveusement d'une émotion de bonheur.

J'ai déjà tenté à plusieurs reprises de vous décrire l'expressivité exceptionnelle de sa physionomie et de tous ses gestes ; mais celui-là, je ne puis le dépeindre, car c'était une béatitude si extatique et si surnaturelle qu'on n'en voit presque jamais de pareille dans une figure humaine ; elle n'était comparable qu'à cette ombre blanche qu'on croit apercevoir au sortir d'un rêve lorsqu'on s'imagine avoir devant soi la face d'un ange qui disparaît.

Pourquoi le dissimuler ? Je ne résistai pas à ce regard. La gratitude rend heureux parce qu'on en fait si rarement l'expérience tangible ; la délicatesse fait du bien, et, pour moi, personne froide et mesurée, une telle exaltation était quelque chose de nouveau, de bienfaisant et de délicieux. Et tout comme cet homme ébranlé et brisé, le paysage aussi, après la pluie de la veille, s'était magiquement épanoui.

Lorsque nous sortîmes du restaurant, la mer tout à fait apaisée brillait magnifiquement, bleue jusqu'aux hauteurs du ciel, et seulement piquée de blanc là où planaient des mouettes dans un autre azur, au-dessus. Vous connaissez le paysage de la Riviera, n'est-ce pas ? Il produit toujours une impression de beauté, mais un peu fade, comme une carte postale illustrée, il présente mollement à l'œil ses couleurs toujours intenses, à la manière d'une belle, somnolente et paresseuse, qui laisse passer sur elle avec indifférence tous les regards, presque orientale dans son abandon éternellement prodigue.

Cependant parfois, très rarement, il y a des jours où cette beauté s'exalte, où elle s'impose, où elle fait crier avec énergie ses couleurs vives, fanatiquement étincelantes, où elle vous lance à la tête victorieusement la richesse bariolée de ses fleurs, où elle éclate et brûle de sensualité. C'était un pareil jour d'enthousiasme qui alors avait succédé au chaos déchaîné de la nuit d'orage ; la rue lavée de frais était toute brillante, le ciel était de turquoise et partout dans la verdure saturée de sève s'allumaient des bouquets, des flambeaux de couleurs. Les montagnes paraissaient soudain plus claires et plus rapprochées dans l'atmosphère calmée et baignée de soleil : elles se groupaient curieuses le plus près possible de la petite ville scintillante et astiquée à plaisir ; dans chaque regard on sentait l'invitation provocante et les encouragements de la nature, qui vous saisissait le cœur malgré vous :

« Prenons une voiture, dis-je, et faisons le tour de la Corniche. »

Il acquiesça, enthousiaste : pour la première fois depuis son arrivée, ce jeune homme paraissait voir et remarquer le paysage. Jusqu'à présent il n'avait connu que la salle étouffante du Casino, avec ses parfums lourds imprégnés de sueur, le tumulte de ses humains hideux et grimaçants, et une mer morose, grise et tapageuse. Mais maintenant l'immense éventail du littoral inondé de soleil était déployé devant nous, et l'œil allait avec bonheur d'un horizon à l'autre. Dans la voiture nous parcourûmes lentement (l'automobile n'existait pas encore) ce magnifique chemin, en passant devant de nombreuses villas et de nombreuses personnes ; cent fois, devant chaque maison, devant chaque villa ombragée dans la verdure des pins parasols, on éprouvait ce secret désir : ici, qu'il ferait bon vivre, calme, content, retiré du monde !

Ai-je jamais été plus heureuse dans ma vie qu'à cette heure-là ? Je ne sais pas. À côté de moi, dans la voiture, la veille encore étreint par les griffes de la fatalité et de la mort, et maintenant baigné par les rayons blancs du soleil, le jeune homme semblait rajeuni et allégé de plusieurs années. Il paraissait redevenu tout gamin, un bel enfant joueur, aux yeux ardents et en même temps pleins de respect, en qui rien ne me ravissait autant que sa délicate prévenance toujours en éveil : si la côte était trop raide, et si le cheval avait du mal à traîner la voiture, il sautait lestement, pour pousser derrière. Si je citais un nom de fleur, ou si j'en indiquais une le long du chemin, il courait la cueillir. Il ramassa et porta avec précaution dans l'herbe verte, pour qu'il ne fût pas écrasé par la voiture, un petit crapaud qui, attiré par la pluie de la veille, se traînait péniblement sur le chemin ; et entre-temps, il racontait avec exubérance les choses les plus amusantes et les plus gracieuses ; je crois que la façon dont il riait était pour lui une sorte de dérivatif, car autrement il aurait été obligé de chanter, de sauter ou de faire le fou, tant il y avait de bonheur et d'ivresse dans la soudaine exaltation de son attitude.

Lorsque sur la hauteur nous traversâmes lentement un tout petit hameau, il tira poliment son chapeau, d'un geste subit. Je fus étonnée : qui saluait-il là, lui un étranger parmi des étrangers ? Il rougit légèrement à ma question et me dit presque en s'excusant que nous étions passés devant l'église et que chez lui, en Pologne, comme dans tous les pays strictement catholiques, on avait l'habitude, dès l'enfance, de se découvrir devant chaque église et devant chaque sanctuaire.

Ce beau respect devant les choses de la religion m'émut profondément ; en même temps je me rappelai cette croix dont il m'avait parlé et je lui demandai s'il était croyant ; lorsque, avec une mine un peu honteuse, il m'eut avoué modestement qu'il espérait sa part de salut, une pensée me vint soudain :

« Arrêtez ! » criai-je au cocher.

Et je descendis vite de la voiture. Il me suivit, surpris, en disant :

« Où allons-nous ? »

Je répondis seulement :

« Venez avec moi. »

Je retournai, accompagnée par lui, vers l'église, petit sanctuaire campagnard construit en briques. Dans la pénombre, les murs intérieurs apparaissaient, badigeonnés de chaux, gris et nus ; la porte était ouverte, de sorte qu'un cône de lumière jaune se découpait nettement dans l'obscurité où l'ombre dessinait en bleu les contours d'un petit autel. Deux bougies nous regardaient d'un œil voilé, dans le crépuscule imprégné d'un chaud parfum d'encens. Nous entrâmes ; il ôta son chapeau, plongea la main dans le bénitier purificateur, se signa et ploya le genou. Et à peine se fut-il relevé que je le saisis par le bras.

« Venez, fis-je énergiquement, allons vers un autel ou vers une de ces images qui vous sont sacrées, vous allez y prononcer le serment que je vais vous dire. »

Il me regarda, étonné, presque effrayé. Mais ayant vite compris, il s'approcha d'une niche où était une statue, fit le signe de la croix et s'agenouilla docilement.

« Répétez après moi, fis-je, en tremblant moi-même d'émotion. Répétez après moi : Je jure, – Je jure, répéta-t-il, puis je continuai : – que je ne prendrai jamais plus part à un jeu de hasard, de quelque nature qu'il soit, et que je n'exposerai plus ma vie et mon honneur à cette passion. »

Il répéta ces paroles en tremblant : avec force et netteté elles résonnèrent dans le vide absolu du lieu. Puis il y eut un moment de silence, si grand que l'on pouvait entendre au-dehors le léger bruissement des arbres et des feuilles où le vent passait. Et soudain, il se prosterna comme un pénitent et il prononça, avec une extase toute nouvelle pour moi, en langue polonaise, très vite et sans interruption, des paroles que je ne comprenais pas. Mais ce devait être une prière extatique, une action de grâce, un acte de contrition, car cette confession tempétueuse courbait sans cesse sa tête humblement par-dessus l'appui du prie-Dieu ; toujours plus passionnés se répétaient les sons étrangers, et c'était toujours avec plus de véhémence qu'une même parole jaillissait de sa bouche avec une indicible ferveur. Jamais auparavant et jamais depuis lors, je n'ai entendu prier de la sorte dans aucune église au monde. Ses mains étreignaient nerveusement le prie-Dieu en bois, tout son corps était secoué par un ouragan intérieur, qui parfois le soulevait brusquement et parfois l'accablait dans une prosternation profonde. Il ne voyait ni ne sentait plus rien : tout en lui semblait se passer dans un autre monde, dans un purgatoire de la métamorphose ou dans un élan vers la sphère du sacré.

Enfin, il se leva lentement, se signa encore et se retourna avec peine ; ses genoux tremblaient, son visage était pâle comme celui de quelqu'un qui est épuisé. Mais lorsqu'il me vit, son œil rayonna, un sourire pur et véritablement *pieux* éclaira sa figure transportée ; il s'approcha de moi, s'inclina très bas, à la russe, et saisit mes deux mains pour les toucher respectueusement du bout des lèvres :

« C'est Dieu qui vous a envoyée vers moi. Je viens de l'en remercier. »

Je ne savais que dire. Mais j'aurais souhaité que soudain, du haut de sa petite estrade, l'orgue se mît à retentir, car je sentais que j'avais réussi en tout : cet homme, je l'avais sauvé pour toujours.

Nous sortîmes de l'église pour revenir dans la lumière radieuse et ruisselante de cette journée digne du mois de mai : jamais le monde ne m'avait paru si beau. Pendant deux heures encore nous suivîmes en voiture, lentement, jusqu'au sommet de la montagne, le chemin panoramique qui à chaque tournant offrait une nouvelle vue. Mais nous ne dîmes plus rien. Après cette effusion du sentiment, toute parole semblait faible. Et lorsque mon regard atteignait par hasard le sien, je me sentais obligée de le détourner avec confusion : c'était pour moi une émotion trop grande que de voir mon propre miracle.

Vers cinq heures de l'après-midi nous rentrâmes à Monte-Carlo. J'avais alors un rendez-vous avec des parents qu'il ne m'était plus possible de différer. Et à vrai dire, je désirais profondément une pause, une détente à cette violente exaltation de mon sentiment. Car c'était trop de bonheur. Je sentais qu'il me fallait une diversion à cet état d'extase et d'ardeur excessive, comme je n'en avais jamais connu de semblable dans mon existence. Aussi je priai mon protégé de venir avec moi à l'hôtel, seulement pour un instant. Là, dans ma chambre, je lui remis l'argent nécessaire pour le voyage et pour dégager la parure. Nous convînmes que pendant mon rendez-vous il irait prendre son billet au chemin de fer; puis le soir, à sept heures, nous nous rencontrerions dans le hall de la gare une demi-heure avant le départ du train qui, par Gênes, le ramènerait chez lui. Lorsque je voulus lui tendre les cinq billets de banque, ses lèvres devinrent d'une pâleur singulière :

« Non... pas d'argent... Je vous en prie, pas d'argent ! » fit-il entre ses dents, tandis que ses doigts tremblants se rétractaient, nerveux et agités.

« Pas d'argent... Pas d'argent... je ne puis pas le voir », répéta-t-il encore une fois, comme physiquement terrassé par la crainte et le dégoût. Mais j'apaisai son scrupule en disant que ce n'était qu'un prêt et que, s'il se sentait gêné, il n'avait qu'à m'en donner un reçu.

« Oui... oui... un reçu », murmura-t-il en détournant les yeux ; il froissa les billets de banque comme quelque chose de gluant qui salit les doigts, il les mit dans sa poche sans les regarder et il écrivit sur une feuille de papier quelques mots en traits précipités. Lorsqu'il leva les yeux, la sueur perlait à son front : quelque chose semblait lutter violemment pour sortir de son être ; à peine m'eut-il remis nerveusement ce bout de papier, qu'il fut saisi d'un grand tremblement par tout le corps, et soudain (malgré moi, je me reculai, effrayée) il tomba à genoux et baisa l'ourlet de ma robe. Geste indescriptible : sa véhémence sans pareille me fit trembler de part en part. Un étrange frisson me parcourut, je fus toute troublée et je ne pus que balbutier :

« Je vous remercie d'être si reconnaissant ; mais je vous en prie, maintenant partez. Ce soir à sept heures, dans le hall de la gare, nous prendrons congé l'un de l'autre. »

Il me regarda ; un éclat attendri mouillait son regard ; je crus qu'il voulait me dire quelque chose ; pendant un instant il eut l'air de chercher à s'approcher de moi. Mais ensuite il s'inclina soudain encore une fois, profondément, très profondément, et il quitta la chambre.

De nouveau Mrs C... interrompit son récit. Elle s'était levée et elle était allée à la fenêtre ; elle regarda dehors et resta debout longtemps, sans bouger : je voyais comme un léger tremblement dans la silhouette de son dos. Brusquement elle se retourna avec fermeté : ses mains, jusqu'alors calmes et indifférentes, eurent tout à coup un mouvement violent, un mouvement tranchant, comme si elle voulait déchirer quelque chose. Puis elle me regarda durement, presque avec audace, et elle reprit d'un seul coup :

— Je vous ai promis d'être entièrement sincère. Et je m'aperçois combien nécessaire était cette promesse, car c'est à présent seulement, en m'efforçant de décrire pour la première fois d'une manière ordonnée tout ce qui s'est passé dans cette heure-là et en cherchant des mots précis pour exprimer un sentiment qui alors était tout replié et confus, c'est maintenant seulement que je comprends avec netteté beaucoup de choses que je ne savais pas alors, ou que peut-être je ne voulais pas savoir ; c'est pourquoi je veux dire, à moi-même comme à vous, la vérité, avec énergie et résolution : alors, à cette heure-là, quand le jeune homme quitta la chambre et que je restai seule, j'eus (ce fut comme un évanouissement qui s'empara lourdement de moi), j'eus la sensation d'un coup venant frapper mon cœur. Quelque chose m'avait fait un mal mortel, mais je ne savais pas (ou bien je refusais de savoir) de quelle manière l'attitude à l'instant si attendrissante et pourtant si respectueuse de mon protégé m'avait blessée si douloureusement.

Mais aujourd'hui que je m'efforce de faire surgir tout le passé du fond de moi-même, comme une chose inconnue, avec ordre et énergie, et que votre présence ne tolère aucune dissimulation, aucune lâche échappatoire d'un sentiment de honte, aujourd'hui je le sais clairement : ce qui alors me fit tant de mal, c'était la déception... la déception... que ce jeune homme fût parti si docilement... sans aucune tentative pour me garder, pour rester auprès de moi... qu'il eût obéi humblement et respectueusement à ma première demande l'invitant à s'en aller, au lieu... au lieu d'essayer de me tirer violemment à lui... qu'il me vénérât uniquement comme une sainte apparue sur son chemin... et qu'il... qu'il ne sentît pas que j'étais une femme.

Ce fut pour moi une déception... une déception que je ne m'avouai pas, ni alors ni plus tard ; mais le sentiment d'une femme sait tout, sans paroles et sans conscience précise. Car… maintenant je ne m'abuse plus…, si cet homme m'avait alors saisie, s'il m'avait demandé de le suivre, je serais allée avec lui jusqu'au bout du monde; j'aurais déshonoré mon nom et celui de mes enfants… Indifférente aux discours des gens et à la raison intérieure, je me serais enfuie avec lui, comme cette Mme Henriette avec le jeune Français que, la veille, elle ne connaissait pas encore… Je n'aurais pas demandé ni où j'allais, ni pour combien de temps; je n'aurais pas jeté un seul regard derrière moi, sur ma vie passée… J'aurais sacrifié à cet homme mon argent, mon nom, ma fortune, mon honneur… Je serais allée mendier, et probablement il n'y a pas de bassesse au monde à laquelle il ne m'eût amenée à consentir. J'aurais rejeté tout ce que dans la société on nomme pudeur et réserve; si seulement il s'était avancé vers moi, en disant une parole ou en faisant un seul pas, s'il avait tenté de me prendre, à cette seconde j'étais perdue et liée à lui pour toujours.

Mais… je vous l'ai déjà dit… cet être singulier ne jeta plus un regard sur moi, sur la femme que j'étais… Et combien je brûlais de m'abandonner, de m'abandonner toute, je ne le sentis que lorsque je fus seule avec moi-même, lorsque la passion qui, un instant auparavant, exaltait encore son visage illuminé et presque séraphique, fut retombée obscurément dans mon être et se mit à palpiter dans le vide d'une poitrine délaissée. Je me levai avec peine ; mon rendez-vous m'était doublement désagréable. Il me semblait que mon front était surmonté d'un casque de fer lourd et oppressant, sous le poids duquel je chancelais : mes pensées étaient décousues et aussi incertaines que mes pas, lorsque je me rendis enfin à l'autre hôtel, auprès de mes parents.

Là je restai assise, morne au milieu d'une causerie animée, et j'éprouvais un sentiment d'effroi chaque fois que par hasard je levais les yeux et que je rencontrais ces visages inexpressifs qui (comparés à l'autre, animé comme par les ombres et les lumières d'un jeu de nuages) me paraissaient glacés ou recouverts d'un masque. Il me semblait être au milieu de personnes mortes, si terriblement dépourvue de vie était cette société ; et tandis que je mettais du sucre dans ma tasse et que je disais quelques mots, l'esprit absent, toujours au-dedans de moi-même surgissait, comme sous la poussée brûlante de mon sang, cette figure dont la contemplation était devenue pour moi une joie ardente et que (pensée effroyable !) dans une ou deux heures je verrais pour la dernière fois. Sans doute, malgré moi, j'avais poussé un léger soupir ou un gémissement, car soudain la cousine de mon mari se pencha vers moi pour me demander ce que j'avais et si je ne me trouvais pas bien, car j'avais l'air toute pâle et toute soucieuse. Cette question inattendue fut vite saisie par moi comme l'occasion de déclarer aussitôt qu'effectivement je souffrais d'une migraine ; et je demandai la permission de me retirer discrètement.

Ainsi rendue à moi-même, je rentrai en toute hâte à mon hôtel. À peine y fus-je et m'y trouvai-je seule que de nouveau j'éprouvai un sentiment de vide et d'abandon, et que le désir d'être auprès de ce jeune homme que je devais quitter aujourd'hui pour toujours m'étreignit avec fureur. J'allais et venais dans ma chambre, j'ouvrais sans motif des tiroirs, je changeais de costume et de rubans, pour me retrouver brusquement devant le miroir, me demandant d'un œil inquisiteur si, ainsi parée, je ne pourrais pas attacher son regard sur moi. Subitement, je me compris : faire tout pour ne pas le quitter ! Et dans une seconde, toute de véhémence, ce désir devint une résolution.

Je courus trouver le portier de l'hôtel, lui annonçant que je partais aujourd'hui même par le train du soir. Et maintenant il s'agissait de faire vite : je sonnai la femme de chambre pour qu'elle m'aidât à préparer mes bagages, car le temps pressait ; tandis qu'avec une commune hâte, nous entassions à qui mieux mieux dans les malles les vêtements et les menus objets usuels, je me représentais par avance tout ce que serait cette surprise : comment je l'accompagnerais jusqu'au train, et, lorsqu'au dernier, au tout dernier moment il me tendrait déjà la main pour l'adieu final, comment je suivrais brusquement dans le wagon le jeune homme étonné, pour être avec lui cette nuit-là, la nuit suivante et tant qu'il me voudrait.

Une sorte d'ivresse ravie et enthousiaste tourbillonnait dans mon sang, parfois je riais très fort, à l'improviste, tout en jetant les robes dans mes malles, au grand étonnement de la femme de chambre : mon esprit, je le sentais bien, n'était plus dans son assiette ; lorsque le commissionnaire vint pour prendre les malles, je le regardai d'abord d'un air de surprise : il m'était trop difficile de penser aux choses positives, tandis que l'exaltation faisait déborder entièrement mon âme.

Le temps pressait ; il pouvait être près de sept heures, il restait tout au plus vingt minutes jusqu'au départ du train. Je me consolai en songeant que ce n'était plus à une séparation et à un adieu que j'allais, puisque j'étais résolue à l'accompagner dans son voyage tant qu'il me le permettrait. Le commissionnaire prit mes malles et je me précipitai au bureau de l'hôtel pour acquitter ma note. Déjà le gérant me rendait l'argent, déjà j'étais prête à sortir lorsqu'une main toucha délicatement mon épaule. Je sursautai. C'était ma cousine qui, inquiète de mon prétendu malaise, était venue me voir. Mes yeux s'obscurcirent. Je n'avais vraiment que faire d'elle ; chaque seconde de délai signifiait un retard fatal ; cependant la politesse m'obligeait à l'écouter et à lui répondre, au moins pendant un moment.

« Il faut que tu te couches, insista-t-elle, à coup sûr, tu as de la fièvre. »

Et c'était fort possible, car je sentais mes tempes battre avec une extrême violence, et parfois passaient sur mes yeux ces ombres bleues qui annoncent l'approche d'un évanouissement. Mais je protestai, je m'efforçai d'avoir l'air reconnaissante, tandis que chaque parole me brûlait et que j'aurais aimé repousser d'un coup de pied cette sollicitude si inopportune. Mais l'indésirable personne restait, restait, restait toujours ; elle m'offrit de l'eau de Cologne et voulut elle-même m'en rafraîchir les tempes, pendant que moi je comptais les minutes, que ma pensée était pleine du jeune homme et que je cherchais un prétexte quelconque pour échapper à ces soins torturants. Et plus je devenais inquiète, plus je lui paraissais suspecte : c'est presque avec rudesse que finalement elle voulut m'obliger à aller dans ma chambre et à me coucher.

Alors, au milieu de ces exhortations, je regardai soudain la pendule qui était au milieu du hall : il était sept heures vingt-huit et le train partait à sept heures trente-cinq. Brusquement, d'un trait, avec la brutale indifférence d'une désespérée, je tendis la main à ma cousine, sans autre explication, en disant :

« Adieu, il faut que je parte. »

Et sans me soucier de son regard de stupéfaction, sans me retourner, je me précipitai vers la porte de sortie, sous les yeux étonnés des employés de l'hôtel, puis je courus dans la rue, vers la gare.

À la gesticulation animée du commissionnaire qui attendait là avec les bagages, je compris déjà de loin qu'il était grand temps. Avec une fureur aveugle je m'élançai vers la grille d'accès au quai, mais là l'employé m'arrêta. J'avais oublié de prendre mon billet. Et pendant que, presque avec violence, j'essayais de l'amener à me laisser malgré tout aller jusqu'à la voie, le train se mettait déjà en marche : je regardai fixement, en tremblant de tous mes membres, pour saisir au moins encore un regard, de l'une des fenêtres des wagons, au moins un geste d'adieu, un salut. Mais par suite de la marche rapide du train, il ne m'était plus possible d'apercevoir son visage. Les voitures roulaient toujours plus vite et au bout d'une minute, il ne resta plus devant mes yeux obscurcis qu'un nuage de fumée noire.

Sans doute je restai là comme pétrifiée, Dieu sait combien de temps, car le commissionnaire m'avait vainement adressé la parole à plusieurs reprises avant d'oser toucher mon bras. Ce dernier geste me fit tressauter de frayeur. Il me demanda s'il devait remporter les bagages à l'hôtel. Il me fallut quelques minutes pour me ressaisir ; non, ce n'était pas possible : après ce départ ridicule et plus que précipité, je ne pouvais plus y revenir, je ne le voulais pas – jamais plus. Aussi, impatiente d'être seule, je lui ordonnai de mettre les bagages à la consigne.

Ce n'est qu'ensuite, au milieu de la cohue sans cesse renouvelée des gens qui se pressaient bruyamment dans le hall et dont le nombre peu à peu diminua, que j'essayai de réfléchir, de réfléchir avec clarté aux moyens d'échapper à cette douloureuse et atroce obsession de colère, de regret et de désespoir, car (pourquoi ne pas l'avouer ?) l'idée d'avoir, par ma propre faute, manqué cette dernière rencontre me déchirait le cœur, avec une acuité brûlante et impitoyable. J'aurais presque crié, tellement me faisait mal cette lame d'acier chauffée à blanc qui pénétrait en moi, toujours plus implacable.

Seuls peut-être des gens absolument étrangers à la passion connaissent, en des moments tout à fait exceptionnels, ces explosions soudaines d'une passion semblable à une avalanche ou à un ouragan : alors, des années entières de forces non utilisées se précipitent et roulent dans les profondeurs d'une poitrine humaine. Jamais auparavant (et jamais par la suite) je n'éprouvai une telle surprise et une telle fureur d'impuissance qu'en cette seconde où, prête à toutes les extravagances (prête à jeter d'un seul coup dans l'abîme toutes les réserves d'une vie bien administrée, toutes les énergies contenues et accumulées jusqu'alors), je rencontrai soudain devant moi un mur d'absurdité, contre lequel ma passion venait inutilement buter.

Ce que je fis ensuite ne pouvait qu'être absurde également ; c'était une folie, même une bêtise, j'ai presque honte de le raconter – mais je me suis promis et je vous ai promis de ne rien vous celer : je... cherchai à le retrouver... c'est-à-dire j'essayai d'évoquer chaque moment que j'avais passé avec lui... J'étais attirée violemment vers tous les endroits où la veille, nous avions été ensemble, vers le banc du jardin public d'où je l'avais entraîné, vers la salle de jeu où je l'avais vu pour la première fois, et même jusque dans cet hôtel borgne, simplement pour revivre encore une fois, encore une fois, le passé. Et le lendemain, je voulais parcourir en voiture le même chemin le long de la Corniche, afin que chaque parole, chaque geste pût encore une fois revivre en moi. Tellement insensée, tellement puérile était la confusion de mon âme ! Mais songez que ces événements s'étaient abattus sur moi comme la foudre : je n'avais guère senti autre chose qu'un coup brusque, un coup unique, qui m'avait étourdie. Mais maintenant, brutalement sortie de ce tumulte, je voulais encore une fois revivre, pour en jouir rétrospectivement, bribe par bribe, ces émotions fugitives, grâce à cette façon magique de se tromper soi-même que nous appelons le souvenir… À vrai dire, ce sont là des choses que l'on comprend ou que l'on ne comprend pas. Peut-être faut-il avoir un cœur brûlant, pour les concevoir.

Ainsi je me rendis d'abord dans la salle de jeu, pour chercher la table où avait été sa place et pour y revoir, par l'imagination, parmi toutes ces mains, les siennes. J'entrai : la table où je l'avais aperçu pour la première fois était, je le savais bien, celle de gauche, dans le second salon. Je revoyais chacun de ses gestes avec précision : comme une somnambule, les yeux fermés et les mains tendues, j'aurais retrouvé sa place. J'entrai donc et je traversai aussitôt la salle. Et là… lorsque, après avoir franchi la porte, mon regard se fut tourné vers cette foule bruyante… il se produisit quelque chose de singulier… Là, exactement à l'endroit que je m'étais représenté, là, il se trouvait assis (hallucination de la fièvre !)… lui-même, en personne… Lui… lui… exactement tel que je venais de le voir en songe… exactement tel qu'il était la veille, les yeux fixement dirigés sur la boule, blême comme un spectre… mais lui… lui… indéniablement lui…

Je fus sur le point de crier, si grand était mon effroi. Mais je contins ma frayeur devant cette vision insensée et je fermai les yeux.

« Tu es folle… tu rêves… tu as la fièvre, me disais-je. C'est absolument impossible, tu es hallucinée… il est parti d'ici en chemin de fer, il y a une demi-heure. »

111

Alors je rouvris les yeux. Mais, horreur ! exactement comme avant, il était assis là en chair et en os, indéniablement... J'aurais reconnu ces mains-là parmi des millions d'autres... Non, je ne rêvais pas, c'était bien lui. Il n'était pas parti, comme il me l'avait juré ; l'insensé était resté ; il avait porté ici, au tapis vert, l'argent que je lui avais donné pour rentrer chez lui et, oubliant tout dans sa passion, il était venu le jouer à cette table, tandis que mon cœur au désespoir se brisait pour lui.

Un sursaut de tout mon être me poussa en avant... La fureur remplit mes yeux, une fureur enragée dans laquelle je voyais rouge, un désir de saisir à la gorge le parjure qui avait si misérablement trompé ma confiance, mon sentiment, mon dévouement. Mais je me contraignis encore. Avec une lenteur voulue (quelle énergie ne me fallut-il pas !) je m'approchai de la table, juste en face de lui ; un monsieur me fit place poliment. Deux mètres de drap vert étaient entre nous deux et je pouvais, comme au théâtre du haut d'un balcon, observer tout à mon aise son visage, ce même visage que deux heures auparavant j'avais vu rayonnant de gratitude, illuminé par l'auréole de la grâce divine et qui, maintenant, était redevenu la proie frémissante de tous les feux infernaux de la passion. Les mains, ces mains que cet après-midi encore, j'avais vues étreindre pour le plus sacré des serments le bois du prie-Dieu, elles agrippaient à présent de nouveau, en se crispant, l'argent qui était autour d'elles, comme des vampires luxurieux. Car il avait gagné, il devait avoir gagné une forte, très forte somme : devant lui brillait un amas confus de jetons, de louis d'or et de billets de banque, un pêle-mêle de choses placées n'importe comment, dans lesquelles les doigts, ses doigts nerveux et frémissants, s'allongeaient et se plongeaient avec volupté. Je les voyais tenir et plier en les caressant les divers billets, retourner et palper amoureusement les pièces de monnaie et ensuite, brusquement, en saisir une poignée et la jeter sur l'un des rectangles. Et aussitôt, les narines recommençaient à frémir par intervalles ; l'appel du croupier détournait du tas d'argent ses yeux brillants de cupidité, qui suivaient le mouvement furibond de la boule, et il était comme arraché à lui-même, tandis que ses coudes paraissaient littéralement cloués au tapis vert. La possession dont il était victime se manifestait d'une façon encore plus terrible et plus effrayante que la veille, car chacun de ses mouvements assassinait en moi l'image brillant comme sur un fond d'or, que j'avais emportée avec crédulité et qui m'habitait.

Nous respirions donc, à deux mètres l'un de l'autre. Je le regardais fixement sans qu'il s'aperçût de ma présence. Il ne levait les yeux ni sur moi ni sur personne ; son regard glissait seulement du côté de l'argent et vacillait avec inquiétude en observant la boule qui roulait : ce cercle vert et furibond accaparait et affolait tous ses sens. Le monde entier, l'humanité entière s'étaient fondus, pour lui, dans ce rectangle de drap tendu. Et je savais que je pourrais rester là des heures et des heures sans qu'il se doutât seulement de ma présence.

Mais je ne pus y tenir davantage; dans une brusque résolution je fis le tour de la table, j'allai derrière lui, et ma main saisit brusquement son épaule. Son regard chavira; pendant une seconde, il me dévisagea, les prunelles vitreuses et comme quelqu'un qu'on ne connaît pas, absolument pareil à un ivrogne qu'on a de la peine à secouer de son sommeil et dont les yeux sont encore brouillés par les vapeurs grises et fumeuses qu'il y a en lui. Puis il sembla me reconnaître; sa bouche s'ouvrit en tremblant; il me regarda d'un air heureux et balbutia tout bas avec une familiarité où il y avait à la fois de l'égarement et du mystère :

« Ça marche bien... Je l'ai senti tout de suite en entrant et en voyant qu'*il* était là... je l'ai senti tout de suite... »

Je ne compris pas ce qu'il voulait dire. Je remarquai seulement que le jeu l'avait enivré, que cet insensé avait tout oublié, son serment, son rendez-vous, l'univers et moi. Mais même dans cet état de possession, la lueur d'extase qu'il venait d'avoir en me voyant était si séduisante que, malgré moi, je suivis le mouvement de ses paroles et que je lui demandai avec intérêt de qui il voulait parler.

« Du vieux général russe qui est là, qui n'a qu'un bras, murmura-t-il, en se pressant tout contre moi pour que personne n'entendît le secret magique. Là, celui qui a des côtelettes blanches et un laquais derrière lui. Il gagne toujours, hier déjà je l'ai remarqué. Il a sans doute une martingale, et je joue toujours comme lui… Hier aussi il a toujours gagné, seulement j'ai commis la faute de continuer à jouer lorsqu'il est parti : ce fut ma faute… Hier il doit avoir gagné vingt mille francs, et aujourd'hui aussi il gagne chaque fois… maintenant je mise toujours d'après lui… Maintenant… »

Au milieu de sa phrase, il s'interrompit brusquement, car le croupier cria son ronflant « Faites vos jeux ! » Et son regard se détourna, comme aimanté, dévorant la place où était assis, grave et paisible, le Russe à barbe blanche, qui posa avec circonspection d'abord une pièce d'or, puis, après un moment d'hésitation, une seconde sur le quatrième rectangle. Aussitôt les mains brûlantes qui étaient devant moi plongèrent dans le tas d'argent et jetèrent une poignée de pièces d'or au même endroit. Et lorsque, une minute après, le croupier cria « zéro ! » et que son râteau balaya d'un seul mouvement tournant toute la table, le jeune homme regarda stupéfait, comme si c'eût été un miracle, tout cet argent qui s'en allait. Vous penserez peut-être qu'il s'était retourné vers moi : non, il m'avait complètement oubliée ; j'étais disparue, perdue, effacée de son existence ; tous ses sens exacerbés étaient fixés sur le général russe, qui, complètement indifférent, tenait dans sa main deux nouvelles pièces d'or, incertain encore du numéro sur lequel il les placerait.

Je ne saurais vous décrire mon amertume, mon désespoir. Mais vous pouvez imaginer ce que je ressentais ; pour un homme à qui l'on a donné toute sa vie, n'être pas plus qu'une mouche, qu'une main indolente chasse avec lassitude ! De nouveau une vague de fureur enragée passa sur moi. J'étreignis son bras avec tant de violence qu'il sursauta.

« Vous allez vous lever tout de suite ! lui murmurai-je tout bas, mais d'un ton d'autorité. Rappelez-vous le serment que vous avez fait aujourd'hui dans l'église, misérable parjure que vous êtes ! »

Il me regarda, touché et tout pâle. Ses yeux prirent soudain l'expression d'un chien battu. Ses lèvres tremblèrent. Il sembla se rappeler brusquement tout le passé, et être saisi par une sorte d'horreur de lui-même.

« Oui… oui…, bégaya-t-il. Ô mon Dieu, mon Dieu… Oui… je viens, pardonnez-moi… »

Et déjà sa main rassemblait tout l'argent, rapidement d'abord, avec des mouvements larges et énergiques, mais ensuite avec une indolence de plus en plus grande, et comme s'il eût été retenu par une force contraire. Son regard était retombé sur le général russe, qui précisément était en train de miser.

« Un moment encore... fit-il en jetant très vite cinq pièces d'or sur le même rectangle. Rien que cette seule partie... Je vous jure qu'ensuite je m'en irai... Rien que cette seule partie... Rien que... »

Et de nouveau sa voix expira. La boule avait commencé à rouler, l'emportant dans son mouvement. De nouveau le possédé venait de m'échapper, il s'était échappé à lui-même, entraîné par la giration de la boule minuscule qui sautait et bondissait dans la cuvette polie.

Le croupier cria un numéro ; le râteau agrippa devant lui les cinq pièces d'or ; il avait perdu. Mais il ne se retourna pas. Il m'avait oubliée, ainsi que son serment, ainsi que la parole qu'il venait de me donner une minute auparavant. Déjà sa main avide plongeait en se crispant dans le tas d'argent diminué, et son regard ivre était entièrement accaparé par son vis-à-vis, porte-bonheur qui magnétisait sa volonté.

Ma patience était à bout. Je le secouai encore une fois, mais maintenant avec violence :

« Levez-vous immédiatement ! À l'instant même... vous avez dit que ce serait la dernière partie... »

Alors se produisit quelque chose d'inattendu. Il se retourna soudain ; cependant le visage qui me regardait n'était plus celui d'un homme humble et confus, mais celui d'un furieux, ivre de colère, dont les yeux brûlaient et dont les lèvres frémissaient de rage.

« Fichez-moi la paix ! rugit-il, comme un tigre. Allez-vous-en ! Vous me portez malheur. Toujours, quand vous êtes là, je perds. Ç'a été le cas hier, et aujourd'hui encore. Allez-vous-en ! »

Je fus un moment comme sidérée. Mais ensuite devant sa folie, ma colère déborda elle aussi.

« Je vous porte malheur, moi ? l'apostrophai-je. Menteur, voleur, vous qui m'avez juré !... »

Mais je m'arrêtai là, car l'enragé bondit de sa place et me poussa en arrière, indifférent au tumulte qui s'élevait.

« Fichez-moi la paix, s'écria-t-il d'une voix forte, sans aucune retenue. Je ne suis pas sous votre tutelle... Voici, voici... voici votre argent, et il me jeta quelques billets de cent francs... Mais maintenant laissez-moi tranquille. »

Il avait crié cela très fort, comme un fou, indifférent à la présence des centaines de gens qui étaient autour de lui. Tout le monde regardait, chuchotait, insinuait des choses, riait, et même de la salle voisine s'approchaient de nombreux curieux. Il me semblait que l'on m'arrachait mes vêtements et que j'étais là toute nue devant ces gens pleins de curiosité.

« *Silence, Madame, s'il vous plaît*[1] ! » dit d'une voix forte et autoritaire le croupier, en frappant

---

1. En français dans le texte.

sur la table avec son râteau. C'était à moi que s'adressaient les paroles de ce médiocre personnage. Humiliée, couverte de honte, j'étais là exposée à cette curiosité murmurante et chuchotante, comme une prostituée à qui l'on vient de donner de l'argent. Deux cents, trois cents yeux insolents étaient là à me dévisager. Et... comme en m'écartant, courbant le dos sous cette averse immonde d'humiliation et de honte, je tournais les regards de côté, voici que devant moi je rencontrai deux yeux que la surprise rendaient presque tranchants. C'était ma cousine qui me regardait d'un air égaré, la bouche ouverte et la main levée comme sous l'effet de la terreur.

Cela me donna comme un coup de fouet : avant qu'elle eût pu bouger, se remettre de sa surprise, je me précipitai hors de la salle ; j'eus encore assez de force pour aller tout droit jusqu'au banc, le même banc où la veille ce possédé s'était effondré. Et aussi faible, aussi épuisée et brisée que lui, je me laissai tomber sur le bois dur et impitoyable...

Il y a maintenant vingt-quatre ans de cela, et cependant, quand je pense à ce moment où j'étais là, fustigée par ses insultes, sous les yeux de mille inconnus, mon sang se glace dans mes veines. Et je sens de nouveau avec effroi quelle substance faible, misérable et lâche doit être ce que nous appelons, avec emphase, l'âme, l'esprit, le sentiment, la douleur, puisque tout cela, même à son plus haut paroxysme, est incapable de briser complètement le corps qui souffre, la chair torturée, – puisque malgré tout, le sang continue de battre et que l'on survit à de telles heures, au lieu de mourir et de s'abattre, comme un arbre frappé par la foudre.

La douleur ne m'avait rompu les membres que pour un moment, le temps de recevoir le choc, de sorte que je tombai sur ce banc, hébétée, à bout de souffle avec pour ainsi dire l'avant-goût voluptueux de ma mort nécessaire. Mais, je viens de le dire, toute souffrance est lâche : elle recule devant la puissance du vouloir-vivre qui est ancré plus fortement dans notre chair que toute la passion de la mort ne l'est dans notre esprit.

Chose inexplicable à moi-même, après un tel écrasement des sentiments, je me relevai malgré tout, à vrai dire sans savoir que faire. Et soudain je me rappelai que mes malles étaient à la gare ; dès lors je n'eus plus qu'une pensée : partir, partir, partir d'ici, simplement partir, loin de cet établissement maudit, infernal. Je courus à la gare sans faire attention à personne ; je demandai l'heure du premier train pour Paris ; à dix heures, me dit l'employé, et aussitôt je fis enregistrer mes bagages.

Dix heures : il y avait donc exactement vingt-quatre heures depuis cette affreuse rencontre ; vingt-quatre heures tellement remplies par une tempête qui avait déchaîné les sentiments les plus insensés, que mon âme en était brisée pour toujours.

Mais d'abord je ne sentis qu'une seule parole dans ce rythme éternellement martelé et vibrant : partir ! partir ! partir ! Les pulsations de mes tempes enfonçaient sans cesse comme un coin ce mot-là dans ma tête : partir ! partir ! partir ! Loin de cette ville, loin de moi-même, rentrer chez moi, retrouver les miens, ma vie d'autrefois, ma vie véritable !

Je passai la nuit dans le train ; j'arrivai à Paris ; là, j'allai d'une gare à l'autre et directement je gagnai Boulogne, puis je me rendis de Boulogne à Douvres, de Douvres à Londres et de Londres chez mon fils, tout cela avec la rapidité d'un vol, sans réfléchir, sans penser à rien, pendant quarante-huit heures, sans dormir, sans parler, sans manger ; quarante-huit heures pendant lesquelles toutes les roues ne faisaient que répéter en grinçant ce mot-là : partir ! partir ! partir ! partir.

Lorsque, enfin, sans être attendue par personne, j'entrai dans la maison de campagne de mon fils, tout le monde eut un mouvement d'effroi : il y avait sans doute dans mon être, dans mon regard, quelque chose qui me trahissait. Mon fils s'avança pour m'embrasser, j'eus un mouvement de recul devant lui : la pensée m'était insupportable qu'il touchât des lèvres que je considérais comme souillées. J'écartai toute question, je demandai seulement un bain, car c'était un besoin pour moi de purifier mon corps (abstraction faite de la crasse du voyage) de tout ce qui paraissait encore y rester attaché de la passion de ce possédé, de cet homme indigne. Puis je me traînai jusque dans ma chambre et je dormis pendant douze ou quatorze heures d'un sommeil de bête ou de pierre, comme je n'en ai jamais eu ni avant, ni depuis, un sommeil qui m'a appris ce que c'est que d'être couché dans un cercueil et d'être mort. Ma famille s'inquiétait pour moi, comme pour une malade. Mais leur tendresse ne réussissait qu'à me faire mal; j'avais honte; j'étais honteuse de leur respect, de leur prévenance, et je devais sans cesse me surveiller pour ne pas leur crier soudain combien je les avais tous trahis, oubliés, presque abandonnés, sous le coup d'une passion folle et insensée.

Ensuite, je me rendis dans une petite ville française, au hasard, où je ne connaissais personne, car j'étais poursuivie par l'obsession que tout le monde pouvait, à mon aspect, au premier coup d'œil, s'apercevoir de ma honte et de mon changement, tellement je me sentais trahie et salie jusqu'au plus profond de l'âme. Parfois, en m'éveillant le matin, dans mon lit, j'avais une crainte terrible d'ouvrir les yeux. Le souvenir m'assaillait brusquement de cette nuit où je m'éveillai soudain à côté d'un inconnu, d'un homme demi-nu, et alors, tout comme la première fois, je n'avais plus qu'un seul désir, celui de mourir aussitôt.

Malgré tout, le temps a un grand pouvoir, et l'âge amortit de façon étrange tous les sentiments.

On sent qu'on est plus près de la mort ; son ombre tombe, noire, sur le chemin ; les choses paraissent moins vives, elles ne pénètrent plus aussi profond et elles perdent beaucoup de leur puissance dangereuse. Peu à peu, je me remis du choc éprouvé ; et quand, de longues années après, je rencontrai un jour en société l'attaché de la légation d'Autriche, un jeune Polonais, et qu'à une question que je lui posai sur sa famille, il me répondit qu'un fils de l'un de ses cousins, précisément, s'était suicidé, dix ans auparavant à Monte-Carlo, je ne sourcillai même pas. Cela ne me fit presque plus mal : peut-être même (pourquoi nier son égoïsme), cela me fit-il du bien, car ainsi disparaissait tout danger de le rencontrer encore : je n'avais plus contre moi d'autre témoin que mon propre souvenir. Depuis, je suis devenue plus paisible. Vieillir n'est, au fond, pas autre chose que n'avoir plus peur de son passé.

Et maintenant, vous comprendrez pourquoi je me suis décidée brusquement à vous raconter ma destinée. Lorsque vous défendiez Mme Henriette et que vous souteniez passionnément que vingt-quatre heures pouvaient changer complètement la vie d'une femme, je me sentis moi-même visée par ces paroles : je vous étais reconnaissante parce que, pour la première fois, je me sentais, pour ainsi dire, confirmée, et alors j'ai pensé que peut-être, en libérant mon âme par l'aveu, le lourd fardeau et l'éternelle obsession du passé disparaîtraient et que, demain, il me serait peut-être possible de revenir là-bas et de pénétrer dans la salle où j'ai rencontré ma destinée, sans avoir de haine ni pour lui, ni pour moi. Alors la pierre qui pèse sur mon âme sera soulevée, elle retombera de tout son poids sur le passé, et l'empêchera de resurgir encore une fois.

Cela m'a fait du bien d'avoir pu vous raconter cela. Je suis maintenant soulagée et presque joyeuse... Je vous en remercie.

À ces mots je m'étais levé soudain, voyant qu'elle avait fini. Avec un peu d'embarras, je cherchai à dire quelque chose, mais elle s'aperçut sans doute de mon émotion, et rapidement elle coupa court :

— Non, je vous en prie, ne parlez pas... Je ne voudrais pas que vous me répondiez ou me disiez quelque chose... Soyez remercié de m'avoir écoutée, et faites bon voyage.

Elle était debout en face de moi et elle me tendit la main, en manière d'adieu. Sans le vouloir, je regardai son visage, et il me parut singulièrement attendrissant, le visage de cette vieille dame qui était là devant moi, affable et en même temps légèrement gênée. Était-ce le reflet de la passion éteinte ? Était-ce la confusion, qui soudain colorait d'une rougeur inquiète et croissante ses joues jusqu'à la hauteur de ses cheveux blancs? Toujours est-il qu'elle était là comme une jeune fille, pudiquement troublée par le souvenir et rendue honteuse par son propre aveu. Ému malgré moi, j'éprouvais un vif désir de lui témoigner par une parole ma déférence. Mais mon gosier se serra. Je m'inclinai profondément et baisai avec respect sa main fanée, qui tremblait un peu comme un feuillage d'automne.

Stefan Zweig et le monde d'hier

par Isabelle Hausser

© Librairie Générale Française, 2010.

Préface

Stefan Zweig fut, de son vivant, l'un des auteurs les plus lus et les plus traduits de son temps, l'un des plus appréciés d'un immense public. Cette popularité, qui ne se limitait pas au monde germanique, dépassait certainement le simple phénomène de mode, comme le prouve la célébrité dont il jouit encore. Cette renommée a quelque chose de mystérieux. Pourquoi, en effet, cet écrivain, qui ne comprenait pas les raisons d'un succès qu'il jugeait immérité, a-t-il suscité et suscite-t-il toujours un tel engouement ?

La consécration de Zweig par ses contemporains comme par la postérité, après un bref purgatoire d'une dizaine d'années, s'explique tout d'abord par la nature de son œuvre. Auteur prolifique, Zweig écrivait cependant brièvement : au roman-fleuve, il préféra toujours la nouvelle ou le petit roman. Si le travail de documentation, préalable à la rédaction de ses essais, est impressionnant, il se garda d'écrire des ouvrages d'érudition : ses biographies constituent des vulgarisations, terme qu'il ne faudrait pas considérer avec dédain, car Zweig avait à cœur d'ouvrir au plus grand nombre l'accès aux « heures étoilées de l'humanité » et aux « bâtisseurs du monde », pour reprendre deux de ses formules. Son style n'avait rien de relâché, il était élégant, et ses métaphores l'élèvent au-dessus du cliché qu'affectionne d'ordinaire la littérature populaire. Mais Zweig se souciait avant tout d'être compris : contre les arcanes de l'avant-gardisme, il opta pour le classicisme. N'y a-t-il pas déjà dans ces quelques éléments, auxquels on pourrait en ajouter bien d'autres, le début d'une recette d'un succès durable ?

Sa popularité actuelle s'explique également par la fascination qu'exerce sur nos contemporains l'époque à laquelle a vécu Zweig. Pour des raisons qu'on ne développera pas, nous la considérons aujourd'hui tout à la fois comme une période fondatrice et comme l'incarnation d'une haute civilisation dont nous avons la nostalgie. Or, plus que celles de nombreux écrivains de sa génération, l'œuvre et la vie de Zweig reflètent parfaitement l'esprit de son temps. Extraordinairement cultivé, parlant plusieurs langues, poli et raffiné jusqu'à la délicatesse, Zweig compte parmi les héritiers du patrimoine intellectuel de l'Europe centrale, car Vienne était avant tout à son époque le carrefour où venaient se croiser les esprits et les talents surgis des bords du Danube, des Carpathes ou des profondeurs de la Galicie.

Une troisième explication est que la vie de Zweig est un roman. Né « avec une cuiller d'argent dans la bouche », auteur adulé, ami de tout ce que l'Europe comptait alors d'écrivains, de musiciens et de peintres, homme aux amours compliquées, esprit perpétuellement au bord du désespoir et jusqu'à la terrible photo de police prise à son domicile, on s'étonne que personne n'ait encore songé à faire un film de sa vie.

Ces quelques pages donnent à voir les grandes étapes de la vie d'un homme pudique et secret et prolongent la découverte ou la redécouverte de son œuvre.

Les jeunes années

La Vienne où naît Stefan Zweig, en 1881, avait connu d'importants changements au cours des vingt années précédentes.

Changement politique d'abord puisque dans cette autocratie, la bourgeoisie libérale avait en 1861 obtenu de l'empereur François-Joseph la mise en place d'un gouvernement constitutionnel.

Toutefois le changement dans les mentalités qu'on était en droit d'attendre avec l'arrivée au pouvoir de la bourgeoisie aux affaires ne fut pas total. En effet, pour reprendre l'analyse de Carl E. Schorske[1], si la culture morale et scientifique de la bourgeoisie libérale autrichienne était analogue à celle du reste de l'Europe, il n'en allait pas de même de sa culture esthétique. Elle adhérait à la *Gefühlskultur* (la culture des sentiments) issue de l'aristocratie. Contrairement à ce qui se passa dans d'autres pays d'Europe, la bourgeoisie, libérale et puritaine, ne parvenant pas à détruire l'aristocratie, finit par en assimiler les valeurs.

Les libéraux voulurent imprimer leur marque sur Vienne. Elle se traduisit par des transformations urbaines considérables. À l'emplacement des anciennes forti-

---

[1]. Carl E. Schorske, *Vienne fin de siècle*, Seuil, 1983. Voir aussi du même auteur « Les deux cultures autrichiennes et leur destin moderne », *Revue d'esthétique* n° 9, consacrée à Vienne de 1880 à 1938.

fications qui séparaient la vieille ville des faubourgs, ils percèrent le Ring. Sur la Ringstrasse qui entoure Vienne furent édifiés de monumentaux immeubles d'habitation, comme celui où naquit Zweig, ainsi que les bâtiments occupés par les principales institutions du droit et de la culture : le Rathaus et le Parlement pour l'un, le Burgtheater et l'Université pour l'autre.

Sous leur règne coexistèrent une morale répressive, que dénoncera Zweig dans son autobiographie, *Le Monde d'hier*, et une culture esthétique qui transformait en héros les acteurs, les artistes, les écrivains et les critiques ; une culture, écrit Schorske, qui était une « combinaison de provincialisme et de cosmopolitisme, de traditionalisme et de modernisme » ; une culture enfin où, au sein du monde des affaires ou des professions libérales, on ne trouvait pas déshonorant, bien au contraire – comme ce fut le cas pour les Zweig –, que l'un de ses enfants se mêlât de littérature ou d'art.

Ce mélange paradoxal explique le bouillonnement culturel que connut Vienne jusqu'à la Première Guerre mondiale et auquel participa Zweig. Il suffit en effet de rappeler qu'au même moment vivaient à Vienne Mahler, Klimt, Schnitzler, Karl Kraus et Sigmund Freud, pour ne citer que les plus connus.

Dans *Le Monde d'hier*, Stefan Zweig décrit cette période, et les années pendant lesquelles se déroula son enfance, comme celle du « monde de la sécurité ». L'univers dans lequel il vit le jour avait en effet atteint son apogée et ne tarderait pas à disparaître. Avant même que la Première Guerre mondiale ne lui portât le coup de grâce, il commença à se déliter, notamment avec le déclin des libéraux. À Vienne même, ils furent emportés par un raz de marée du parti chrétien-social, qui, malgré sa résistance, contraignit l'empereur, en 1897, à laisser

laisser accéder à la tête de la municipalité Karl Lueger, fervent catholique et antisémite, qui mena une politique totalement opposée à celle de ses prédécesseurs.

Stefan Zweig naquit le 28 novembre 1881 dans une famille qui, ayant gravi les échelons de la réussite sociale, ne pouvait imaginer que le monde dans lequel elle se mouvait allait lui être ravi.

Ses deux parents étaient juifs, mais venaient d'horizons différents. Moritz, le père, était le fils de Hermann Zweig, qui faisait commerce de produits manufacturés, et de Nanette Wolf. Il était né dans une communauté juive de Moravie alors sortie du ghetto. Il reçut d'ailleurs une très bonne éducation puisque, selon son fils, « il jouait excellemment du piano, écrivait avec élégance et clarté, parlait le français et l'anglais ». Il avait acquis sa fortune en fondant en Bohême un petit atelier de tissage qui devint une grande entreprise textile.

La mère, Ida, appartenait quant à elle à une famille juive riche et plus cosmopolite que celle des Zweig, les Brettauer. Venus d'Allemagne où ils possédaient une banque, ils avaient essaimé en Europe et aux États-Unis. Le grand-père de Zweig, Samuel Ludwig Brettauer, s'était d'abord fixé à Ancône où naquit Ida, sa seconde fille, avant de s'installer à Vienne où il acquit une des nouvelles constructions de la Ringstrasse. Ida parlait aussi bien l'italien que l'allemand, qu'elle apprit à ses fils.

Des deux côtés, il s'agissait de familles de la bourgeoisie juive émancipée, dont à l'époque étaient issus tant d'écrivains et d'artistes viennois. Comme le rappelle Zweig dans son autobiographie, la bourgeoisie juive fut alors la protectrice de la culture à Vienne.

C'est dans ce milieu privilégié que naquit Stefan Zweig. Il était le second fils de Moritz et d'Ida, ce qui fut une chance pour lui. Son frère aîné, Alfred, reprit en effet les affaires paternelles, permettant ainsi à Stefan, avec l'appui de sa famille, de se consacrer à la littérature.

De son enfance, on sait peu de choses, sinon qu'il passait pour un enfant difficile. Mais à lire ses portraits d'enfants – Edgar dans *Brûlant secret* ou les deux fillettes de *La Gouvernante* – on peut supposer qu'il eut un complet sentiment d'incompréhension à l'égard du monde des adultes.

Cette hypothèse est confirmée par la peinture sévère qu'il fait dans *Le Monde d'hier* de l'éducation que recevaient alors les jeunes gens. Il est probable qu'il ne se sentit jamais parfaitement à l'aise dans cette société répressive et victorienne où l'on ne cherchait pas à développer les talents personnels, mais à brider la jeunesse et à lui apprendre de bonne heure les vertus de l'hypocrisie. Dans son autobiographie, il note du reste « le seul moment vraiment heureux que je doive à l'école, ce fut le jour où je laissai retomber pour toujours sa porte derrière moi ».

C'est pourtant durant cette période d'emprisonnement que s'éveilla en Zweig sa vocation littéraire. Avec quelques-uns de ses camarades, il fut très tôt pris d'une passion pour l'art qui les faisait courir du Burgtheater à l'Opéra, dévorer la nouvelle littérature, y compris étrangère, et se risquer eux-mêmes à écrire. Le premier poème de Zweig parut en 1898 – il avait dix-sept ans – dans une revue berlinoise, *Deutsche Dichtung*. Un second trait particulier à Zweig apparaît dès cette époque, celui qui l'amena à collectionner les autographes et les manuscrits d'artistes célèbres.

En 1900, alors qu'il venait d'achever ses études secondaires au Maximilian Gymnasium, il s'inscrivit à l'université en philosophie. Il n'y manifesta guère de zèle, occupé qu'il était à écrire. En février 1901, parut son premier recueil de poèmes, *Silberne Saiten* (Cordes d'argent), qui, malgré les craintes de Zweig, fut bien accueilli. Cependant par la suite, il n'autorisa jamais la republication de ces vers de jeunesse. Dans *Le Monde d'hier*, il les qualifie de « vers [...] issus non pas de mon expérience personnelle, mais d'une sorte de passion verbale ».

Il se montre beaucoup plus fier, non sans raison, que la *Neue Freie Presse* ait accepté en 1901 l'un de ses textes pour le *Feuilleton*. Cette revue était aux dires de Zweig « l'oracle de mes pères ». Quant au *Feuilleton*, qui paraissait à la une, il était dirigé par Theodor Herzl. Paraître dans le *Feuilleton* était une consécration littéraire que Zweig obtint à dix-neuf ans. Sa collaboration avec cette revue allait continuer pendant de longues années. Impressionnés par ce succès, ses parents n'osèrent pas lui refuser d'aller passer à Berlin le second semestre de l'année universitaire 1901-1902.

Berlin fut surtout pour lui l'occasion de découvrir la liberté et d'échapper au conformisme viennois, « la vie réelle », note-t-il dans son autobiographie. Il y fréquenta écrivains et artistes et notamment Richard Dehmel qui lui conseilla de travailler à des traductions pour acquérir du métier. Il suivit ses conseils et traduisit Baudelaire, Verlaine et surtout Verhaeren.

À l'été 1902, avant de rentrer à Vienne, il se rend en Belgique où il fait la connaissance d'Émile Verhaeren avec lequel il noue une profonde amitié qui devait durer jusqu'à la Première Guerre mondiale. Conquis par une œuvre qu'il jugeait moderne et européenne, Zweig décida de s'employer à la faire connaître en Allemagne. Dès cette époque, alors qu'il n'avait pas encore achevé ses études, se dessinait le destin de Zweig, celui d'un écrivain européen, appliqué à aider la diffusion des auteurs qu'il estimait.

Les débuts littéraires

En 1904, Zweig n'est plus tout à fait un novice dans le monde littéraire. Il a publié des poèmes et quelques nouvelles. Mais il lui reste – et il le sait – à faire ses preuves et à abandonner son premier style. « Je trouvais à mes premières nouvelles un relent de papier parfumé », note-t-il dans *Le Monde d'hier*.

Cette année 1904 est importante parce qu'elle marque la fin de ses études universitaires – le 7 avril, il soutient sa thèse sur Taine – et ses véritables débuts littéraires avec la publication à l'automne de son premier recueil de nouvelles, *L'Amour d'Erika Ewald*, qui comprend quatre textes écrits au cours des quatre premières années du siècle.

À partir de cette date, Zweig prend des habitudes qui ne le quitteront plus, même quand il sera marié : celles de voyager et d'écrire abondamment. Ainsi passe-t-il six mois à Paris entre 1904 et 1905 où il fréquente assidûment Verhaeren et rencontre Rodin et Léon Bazalgette. Le printemps 1906 le voit en Angleterre à laquelle il ne trouve pas autant de charmes qu'à la France. En 1908, il accomplit un grand voyage en Asie. En 1911, il revient d'Amérique par le paquebot qui transporte Gustav Mahler mourant.

Dans le même temps, il travaille : à son essai sur Verlaine, mais aussi à un nouveau recueil de poèmes,

Die Frühen Kränze (Premières Guirlandes). Ce volume mérite qu'on s'y arrête car il est le premier paru chez Insel Verlag, la maison d'édition allemande qui devait indéfectiblement publier Stefan Zweig jusqu'à l'arrivée au pouvoir des nazis. Zweig se lie dès cette époque à son directeur, Anton Kippenberg. Ces années voient également ses débuts théâtraux. Il écrit sa première pièce, *Thersite*, qui sera montée en 1908.

Les rapports de Zweig avec le théâtre sont jalonnés de morts, comme il le raconte lui-même dans son autobiographie, laissant ainsi entrevoir une certaine crainte superstitieuse. L'acteur Matkowsky, qui devait jouer *Thersite*, meurt le 26 novembre 1908, peu avant la première. En 1911, lorsque Zweig fera monter sa nouvelle pièce, *Le Comédien métamorphosé*, ce sera Joseph Kainz, pour qui la pièce avait été écrite, qui mourra subitement. Inquiet, Zweig n'en écrivit pas moins une troisième pièce, *La Maison au bord de la mer*, en 1911. Il vit avec consternation mourir le directeur du Burgtheater, le baron Alfred Berger, qui venait de la mettre à l'affiche. La même coïncidence devait se reproduire bien des années plus tard avec sa pièce *Un caprice de Bonaparte* (*Das Lamm des Armen*, en allemand). L'acteur Moïssi, qui voulait la monter, mourut peu après les premières répétitions. Ces morts brutales détournèrent Zweig du théâtre qui, pensait-il, lui aurait assuré un succès immédiat, mais l'aurait sans doute empêché d'écrire son œuvre de nouvelliste et de biographe. Peut-être faut-il remercier le destin, car il est peu probable qu'avec son seul théâtre Zweig eût connu la célébrité qui fut la sienne de son vivant.

C'est pendant ces années, qui précédèrent la Première Guerre mondiale, que Zweig noua ses amitiés les plus fortes. Verhaeren, on l'a vu, auquel il rendait régulièrement visite l'été dans sa maison du « Caillou-qui-bique » et auquel il consacra un essai en 1909 après avoir traduit nombre de ses œuvres, poèmes et drames. Mais aussi Romain Rolland, rencontré en février 1910 à Paris, sur lequel il écrira également un essai, avec lequel il entretiendra une immense correspondance (durant trente ans) et qui exercera une grande influence sur lui, notamment au cours de la Première Guerre mondiale. C'est sans doute également durant cette période qu'il s'engagea dans des relations avec Sigmund Freud (leur première lettre connue date du 3 mai 1908).

Mais c'est surtout à ce moment – en 1912 précisément – qu'il rencontre Friderike von Winternitz, née Friderike Maria Berger, qui fut sa première femme, mais aussi, écrivain elle-même, son amie et sa confidente jusqu'au dernier jour.

Leur rencontre fut très romanesque. Friderike était alors mariée à un fonctionnaire, Félix von Winternitz, dont elle avait deux filles, mais avec lequel elle ne s'entendait pas parfaitement. Il semble qu'en 1908, à une réception, les regards de Friderike et de Zweig se soient déjà croisés. Mais leur véritable rencontre n'eut lieu qu'à l'été 1912 après que, à la manière d'une collégienne, Friderike eut envoyé une lettre à Zweig pour le féliciter de sa traduction des *Hymnes de la vie* de Verhaeren. Zweig répondit et ils se virent. Leur complicité était nouée et ne devait plus se défaire, malgré le caractère difficile et volage de Zweig, dont Friderike eut à souffrir dès les premières semaines de leur liaison.

Friderike joua un rôle important dans la vie de Zweig. Elle l'aida beaucoup et lui pardonna également beaucoup car la vie avec cet homme attaché à son indépendance, assez égoïste et constamment tourmenté, n'était pas facile. Dans son autobiographie, Zweig ne lui rend pas justice ; il ne cite jamais son nom et ne reconnaît pas ce qu'elle lui apporta pourtant jusqu'au bout : compréhension, encouragements et respect absolu de son indépendance.

Peu après leur rencontre, Zweig souhaita s'engager et lui demanda de divorcer pour l'épouser. Procédure qui, dans l'Autriche catholique et bureaucratique, allait prendre beaucoup de temps et être encore ralentie par la Première Guerre mondiale. Ils ne se marièrent qu'en janvier 1920. Entre-temps le monde dans lequel ils avaient grandi avait été balayé par la guerre.

La Première Guerre mondiale

Le cruel épisode de la Première Guerre mondiale, qui marqua définitivement Stefan Zweig, comme tous ceux qui la vécurent, est encadré pour lui par la vision de deux convois ferroviaires.

Zweig se trouvait en vacances en Belgique lorsque s'accentua la rumeur qui annonçait la guerre. Quelques jours avant l'entrée en guerre de l'Autriche, il prit le train pour rentrer à Vienne. À la frontière entre la Belgique et l'Allemagne, il vit venir plusieurs trains de marchandises, dont les wagons ouverts étaient recouverts de bâches sous lesquelles il crut « reconnaître les formes indistinctes et menaçantes de canons ». Ce qu'il commente dans *Le Monde d'hier* en notant : « Aucun doute, la chose monstrueuse était en marche, l'invasion de la Belgique en dépit de tous les principes du droit des gens. »

On peut supposer cependant que, même si, comme tout homme, Zweig redoutait la guerre, il n'envisagea pas sur le moment la monstruosité de la chose. Ses positions sur cette guerre furent longtemps ambiguës. Il publia en effet dans les premiers jours du conflit des textes palpitant d'admiration pour l'Allemagne et exaltant la fraternité d'armes de l'Autriche et de l'Allemagne[1] et son journal intime, qui n'était pas destiné à être publié, regorge d'exemples de ce type. Il se fâcha également avec Verhaeren auquel il reprochait sa véhémence à l'égard de l'Allemagne. Ils ne se réconcilièrent qu'un mois avant la mort de Verhaeren en 1916.

Néanmoins, très vite, apparaît dans ses écrits privés ou publics un grand sentiment de découragement devant la guerre[2] et en peu de temps, en grande partie sous l'influence de Romain Rolland avec lequel il avait, malgré la guerre, repris sa correspondance, il s'oriente vers un pacifisme militant, voire une apologie de la défaite, perceptible dès sa pièce *Jérémie*, commencée au printemps 1915 et publiée, en dépit de son sujet, par Insel à l'été 1916, et encore plus net avec son article « Apologie du défaitisme[3] » ou sa nouvelle, *La Contrainte*, écrite en mars 1918[4].

Mais cette évolution, retracée ici en quelques lignes, fut le fruit d'une lente maturation. Au début de la guerre, Zweig rentre en Autriche avec l'intention d'être mobilisé. Il pense partir comme « simple soldat, pour combattre la boue, le froid, la faim et la racaille[5] ».

---

1. Voir par exemple « Parole d'Allemagne », Le Livre de Poche, La Pochothèque, vol. 3, *Essais*, mais aussi « Pourquoi seulement la Belgique, pourquoi pas aussi la Pologne ? », *Neue Freie Presse* du 4 avril 1915 (inédit en français).
2. Voir « Le monde sans sommeil » et « Aux amis de l'étranger » publiés dans le volume 3 de La Pochothèque.
3. *Friedene-Warte*, juillet-août 1918 (inédit en français).
4. Dans le volume 2, *Romans, nouvelles et théâtre*, Le Livre de Poche, La Pochothèque.
5. Lettre à Anton Kippenberg, automne 1914.

Mais contrairement à son attente et pour le plus grand plaisir de Friderike, qui le croyait incapable de supporter la guerre en première ligne, l'armée le jugea inapte pour le front et le transféra au service des Archives de guerre de la Stiftskaserne de Vienne. Il y fut rejoint par Werfel et Rilke.

Le seul contact qu'eut Zweig avec la réalité de la guerre fut la mission qu'il effectua en Galicie à l'été 1915. Pourvu d'un laissez-passer spécial, il voyagea dans des trains sanitaires, n'hésitant pas à donner un coup de main, ou dans des convois spéciaux partant ou revenant du front où il côtoya de « simples soldats » qui n'avaient pas eu sa chance. Il faut lire le récit qu'il fit de ces horreurs de la guerre pour comprendre qu'il en fut bouleversé[1]. C'est du reste au voyage en Galicie qu'il attribue, dans *Le Monde d'hier*, sa détermination à écrire sa pièce, *Jérémie*.

En réalité, en dehors de cet épisode et des tourments qu'éveillaient en chacun les nouvelles du front, peu favorables à l'Autriche, Zweig souffrait surtout de ne pas pouvoir travailler à sa guise et d'être contraint à des horaires réguliers par son service aux Archives de guerre. Mais entouré des soins de Friderike, qui s'était installée avec ses filles dans une maison de la banlieue où Zweig les rejoignait chaque soir, il continua en fait à écrire, même si, compte tenu de ses rythmes habituels de production, sa cadence s'était ralentie. Il donne des articles à la *Neue Freie Presse*, au *Carmel*, fondé en Suisse par un ami de Rolland[2], il rédige – péniblement –

---

1. Publié avec ses journaux de guerre dans *Journaux, 1912-1940*, Belfond, 1986.
2. « La Tour de Babel », publié dans le volume 3 de La Pochothèque.

son essai sur Dostoïevski et quelques autres textes, dont *La Légende de la troisième colombe*[1].

En novembre 1917, Zweig, invité en Suisse pour y faire des conférences et diriger les répétitions de *Jérémie*, qui allait être monté à Zurich, obtint une permission et partit avec Friderike. Son séjour en Suisse se prolongea jusqu'à la fin de la guerre, car il réussit en 1918 à se faire démobiliser et à rester en Suisse comme correspondant de la *Neue Freie Presse*.

Au cours de ces longs mois, il vit beaucoup Romain Rolland qui vivait à Villeneuve, à côté de Genève, mais également un groupe d'intellectuels pacifistes, dont Guilbeaux qui allait rejoindre la Russie soviétique, Pierre-Jean Jouve ou le peintre Frans Masereel avec lequel il se lia d'une durable amitié.

Lorsque Zweig revint en Autriche, la guerre était finie. Il rentra en train, comme il l'avait fait quelques jours avant la déclaration de guerre. Mais cette fois, sur son chemin, il croisa le train impérial qui emmenait le dernier empereur d'Autriche et sa famille en exil. Dans *Le Monde d'hier*, il raconte cette scène avec émotion et note : « En cet instant seulement la monarchie presque millénaire avait réellement pris fin. Je savais que je rentrais dans une autre Autriche, dans un autre monde. »

La célébrité de l'entre-deux-guerres

Cette période, qu'on arrêtera à l'arrivée au pouvoir de Hitler, fut sans doute la plus féconde de la vie de Stefan Zweig. L'un de ses amis fit du reste remarquer que son activité d'alors relevait de la « radioactivité ».

---

1. Publié dans le volume 2 de La Pochothèque.

Il publie en effet à un rythme soutenu. Des essais littéraires : *Trois maîtres* en 1920, sa biographie de Romain Rolland l'année suivante, en 1925 *Le Combat avec le démon*, en 1928 *Trois poètes de leur vie* et *La Guérison par l'esprit* en 1931. Des nouvelles : *Amok* et *Lettre d'une inconnue* en 1922, *La Peur* en 1925, *La Confusion des sentiments* deux ans plus tard, pour ne citer que les textes les plus connus. Des biographies historiques : *Fouché* en 1929 et en 1932 *Marie-Antoinette*, mais aussi les courts épisodes que sont *Les Riches Heures de l'humanité* (1927). À quoi il faut ajouter le théâtre (*Volpone* en 1926, *Un caprice de Bonaparte* en 1929), des poèmes et toutes sortes de textes courts donnés à des revues, telle *Neue Freie Presse*, et enfin des traductions. L'ampleur de l'œuvre produite pendant ces années a de quoi donner le tournis et révèle une incontestable puissance créatrice.

Sans doute était-il encouragé par l'immense écho que rencontraient ses ouvrages parmi ses lecteurs. Son premier grand succès populaire fut obtenu avec le recueil de nouvelles publié en 1922, qui comprenait *Amok* et *Lettre d'une inconnue*. On en vendit 70 000 exemplaires en huit ans.

À compter de ce moment le succès ne se démentit plus. Ainsi *Le Combat avec le démon*, tiré d'abord à 10 000 exemplaires, fut épuisé en quelques semaines. Quant à *La Confusion des sentiments*, 30 000 exemplaires furent vendus dans les trois mois qui suivirent sa parution.

Ce succès ne se cantonnait pas aux pays de langue allemande. Zweig fut rapidement traduit dans un grand nombre de pays, accroissant ainsi le nombre de ses lecteurs. Lorsque Insel Verlag publia sa bibliographie dans toutes les langues, il fallut un volume entier pour citer tous les titres parus dans le monde. À titre d'exemple, on le traduisit en URSS – sous l'influence de Maxime Gorki – dès 1927, à l'exception du *Dostoïevski* des *Trois maîtres* qui, selon Zweig, n'allait pas « dans le sens des bolcheviques ». En France, pour ne retenir que quelques exemples, *Amok* et *Lettre d'une inconnue* furent publiés en 1927 et *La Confusion des sentiments* en 1929. La même année paraissait *Vingt-quatre heures de la vie d'une femme*. Il faut rappeler en outre que de son vivant Zweig inspirait déjà les cinéastes : ainsi *La Peur* fut adaptée pour le cinéma dès 1928 en Allemagne et en 1934 en France avec Gaby Morlay. Ce fut ensuite le cas de *Brûlant secret* mais aussi de *Marie-Antoinette*.

Sa célébrité exaspérait certains de ses confrères, dont Hofmannsthal pour lequel Zweig avait pourtant gardé sa vénération d'autrefois. Deux destins opposés. Zweig vivait dans une grande aisance matérielle, menant une vie très libre, tandis qu'Hofmannsthal, chargé de famille, construisait son œuvre dans des conditions difficiles. Hofmannsthal méprisait Zweig et ses succès faciles. Zweig ne s'en doutait pas. La mort d'Hofmannsthal en 1929, deux ans après celle de Rilke, lui causa un choc profond. Il apprit avec stupeur de Richard Strauss, dont il devint le librettiste après la disparition d'Hofmannsthal – il écrivit le livret de *La Femme silencieuse* –, que ce dernier avait posé comme condition expresse de sa collaboration au festival de Salzbourg que Zweig n'y participerait jamais. Friderike rapporte que son mari « put à peine croire à cette rivalité impitoyable du poète qu'il avait admiré sans réserve[1] ».

---

1. Cité dans Friderike Zweig, *Stefan Zweig wie ich ihn erlebte*, Stockholm, Neuer Verlag, 1947 (inédit en français).

Bien avant d'apprendre la jalousie d'Hofmannsthal, Stefan Zweig détestait et fuyait le festival de Salzbourg. Cette ville était en effet devenue son lieu de résidence depuis qu'à la fin de la guerre il avait acheté la grande maison du Kapuzinerberg, au-dessus de Salzbourg. Il s'agissait d'un pavillon de chasse archiépiscopal (Salzbourg était dirigée par un archevêque : on connaît les querelles qui opposèrent Mozart à l'archevêque Colloredo), agrandi au XVIIIe siècle par l'adjonction de deux ailes latérales. Malgré son délabrement, il avait beaucoup plu à Stefan et Friderike lorsqu'ils l'avaient découvert lors d'un séjour à Salzbourg en 1916.

Friderike fut chargée par celui qui n'était pas encore son mari d'en négocier l'acquisition puis, lorsqu'ils s'y installèrent après la fin de la guerre, de surveiller les travaux de réparation. Zweig ne vint s'y établir que lorsque la maison fut devenue habitable. Lui, qui n'aima jamais Vienne tant qu'il put y résider sans entraves, souhaitait en effet vivre à l'écart pour travailler à son rythme. Jusqu'au moment où se posa la question de l'exil, le Kapuzinerberg fut son point d'attache.

Une attache bien souple, car il n'y passa jamais une année entière. Sa manie des voyages le reprit dès la fin de la guerre. Au cours de l'entre-deux-guerres, il fit de nombreux séjours en Allemagne – pour des conférences ou pour y rencontrer Anton Kippenberg, son éditeur – mais aussi en France où il avait beaucoup d'amis, en Italie, en Suisse et même en Russie.

Rares furent les voyages où Friderike l'accompagna. Il aimait partir seul pour mener pendant quelques semaines une existence indépendante, ce qui ne l'empêchait pas de rendre compte à sa femme de ses aventures de voyage. Il avait besoin de ces passades sans importance autant que de ses déplacements. Tous deux relevaient d'une même conduite de fuite.

Ce n'est pas seulement la vie de famille avec Friderike et ses deux filles que fuyait Zweig, mais surtout lui-même. S'il pouvait être jovial et aimable, il était tout aussi bien la proie de sautes de caractère qu'il appelait ses « humeurs noires », et qui pouvaient durer assez longtemps. Dans ces cas-là, il quittait le Kapuzinerberg et allait épuiser ailleurs sa mélancolie pour ne pas l'imposer à son entourage. Il semble avoir songé très tôt, comme Kleist – auquel il consacra un essai –, à se suicider et aurait proposé à Friderike de l'accompagner dans la mort. Ce qui paraît certain, c'est que les accès de dépression furent de plus en plus fréquents et de plus en plus profonds au fur et à mesure que les années passaient. Arnold Zweig, son presque homonyme, note – contrairement à beaucoup de leurs contemporains qui ne soupçonnèrent jamais le désarroi intime de Stefan Zweig – qu'il avait « un regard plein d'angoisse dans un visage traqué ».

Il est peut-être surprenant qu'un homme qui n'avait jamais eu – et n'aurait jamais – le moindre problème matériel et à qui tout réussissait ait échoué à être heureux. Friderike disait : « À quoi bon tous ces succès lorsque l'on est si triste[1]. » Le succès était précisément un sujet de dépression pour un homme qui, naturellement, n'avait pas de dispositions pour le bonheur. En son for intérieur, Zweig doutait en effet de la légitimité de sa réussite littéraire. Ainsi écrivit-il à son ami Fleischer, avec un brin de coquetterie cependant : « Je ne supporte aucune louange car je ne suis pas content

---

1. Lettre de Friderike Zweig à Leonhard Adelt, que Donald Prater date d'août 1926.

de moi. » Le succès lui pesait également parce qu'il le privait de son anonymat. « On paye la soi-disant gloire avec la cession de la vie privée... Rien ne nous appartient plus », écrivit-il à Romain Rolland[1].

C'est au cours de ses voyages qu'il éprouvait tout particulièrement sa célébrité. Partout où il allait, il était attendu et célébré. Au point qu'il se plaignit, lors d'un séjour en Suisse, en août 1926, de n'avoir pu garder son anonymat. À son hôtel on l'avait reconnu : il n'était plus tranquille.

Cependant, il arriva souvent que Zweig se félicitât d'être aussi bien accueilli. Ce fut le cas notamment lors de son voyage en URSS en septembre 1928. Il y avait été invité pour la célébration du centenaire de Tolstoï (*Trois poètes de leur vie*, qui comporte un essai sur Tolstoï, était paru cette année-là). Au cours de ce voyage, Zweig fut fêté à la mesure de sa gloire. On l'emmena à Iasnaïa Poliana, l'ancienne propriété de Tolstoï, et il put se recueillir sur sa tombe.

Zweig fut si bien traité, selon la politique d'alors des dirigeants soviétiques qui s'évertuaient à séduire les intellectuels occidentaux, qu'il aurait pu rentrer chez lui convaincu de la réussite du communisme. Mais, ainsi qu'il le raconte dans *Le Monde d'hier*, il découvrit un soir dans l'une de ses poches une lettre anonyme le mettant en garde contre ce qu'il voyait et ce qu'il entendait, et lui signalant qu'il était constamment surveillé et écouté. Conformément aux instructions de son correspondant, Zweig brûla la lettre, mais fut ébranlé.

À son retour d'URSS, il garda une grande réserve, contrairement à son ami Romain Rolland, par exemple.

---

1. Lettre à Romain Rolland du 20 mai 1927.

De même approuva-t-il en 1936 la publication du *Retour d'URSS* de Gide. Son manque d'enthousiasme pour l'expérience soviétique fut du reste l'une des raisons du refroidissement de ses rapports avec Rolland.

Cependant, le silence de Zweig sur l'expérience soviétique s'explique également par sa disposition naturelle à ne jamais prendre parti et à conserver jalousement son indépendance intellectuelle. Il refusa toujours de s'engager, y compris contre le nazisme, et ce, en grande partie, par un individualisme farouche.

Non qu'il n'eût pas d'idées. Certaines n'étaient pas toujours d'un grand bon sens, comme le prouvent ses erreurs d'appréciation lors de la montée en puissance du nazisme, mais sa ligne générale était claire. Il était d'abord et avant tout un citoyen du monde, ennemi de tout nationalisme étroit. Européen avant la lettre, il adhérait cependant davantage à une Europe intellectuelle et des idées qu'à une vision politique de l'Europe. Même s'il se trompa d'abord sur la portée du nazisme, il pressentit dès cette époque que l'Europe était « au terme de sa mission », pensée qui ne pouvait qu'accentuer son profond et naturel pessimisme.

L'exil

Stefan Zweig sous-estima d'abord la signification des premiers succès des nazis. Après les élections du 14 septembre 1930 au Reichstag, qui donnèrent 107 sièges au national-socialisme, Zweig considéra qu'il s'agissait d'un phénomène transitoire qui rendrait peut-être à l'Allemagne son goût de la liberté. À cette époque, il haïssait le matérialisme des Français et lui préférait, écrivit-il, « le délire stupide des hitlériens ».

Mais en 1933, alors qu'il est trop tard, Zweig a enfin compris la nature du nazisme. Plus encore, il pressent que l'Autriche n'échappera pas longtemps à ce mal. Tout en effet lui est raison d'inquiétude. Kippenberg, le directeur d'Insel Verlag, ne peut plus le publier; le 10 mai 1933 à Berlin, ses livres sont brûlés publiquement. Dans ce désastre surnage un incident tragi-comique, que rappelle Zweig dans son autobiographie. Le film tiré de sa nouvelle *Brûlant secret* sortait à Berlin lorsqu'eut lieu l'incendie du Reichstag. Les Berlinois s'attroupèrent devant les affiches du film en plaisantant. Le soir même, la Gestapo faisait interdire le film et déposer les affiches.

Très vite, l'idée s'empara de Zweig qu'il ne pouvait pas rester en Autriche. Il ne s'agissait pas encore pour lui d'un exil définitif. Simplement, il avait besoin de liberté pour travailler et échapper à la tension que provoquait en lui la situation en Allemagne.

Tout atteste en effet que Zweig était bouleversé par le régime de terreur que Hitler introduisait alors en Allemagne. Mais contrairement à d'autres intellectuels allemands, tel Thomas Mann, il refusa de prendre publiquement position contre le nazisme. Sa réponse à l'arrivée au pouvoir de Hitler fut *Érasme*, qu'il alla terminer en Angleterre.

En octobre 1933, il s'installa d'abord à l'hôtel, puis, très vite, dans un appartement au 11, Portland Place. Il passait ses journées au British Museum à travailler à son essai sur Érasme. Il n'ignorait pas les difficultés qu'il aurait à le faire publier en allemand. Aussi, à son retour en Autriche, en décembre, suscita-t-il la création d'une maison d'édition autrichienne par son ami Reichner, qu'il chargea de la publication d'*Érasme*.

Sans être totalement arrêtée, l'idée d'abandonner son pays progressait dans l'esprit de Zweig. Auteur célèbre, ayant dépassé la cinquantaine, il avouait avoir envie d'une nouvelle vie. Mais en Autriche, il y avait sa nouvelle maison d'édition – son dernier lien avec la langue allemande –, sa grande demeure de Salzbourg et Friderike.

Peut-être Stefan Zweig serait-il resté plusieurs années dans l'hésitation, tenté de s'exiler, mais incapable de s'y résigner vraiment, s'il n'y avait pas eu en 1934 plusieurs incidents qui le déterminèrent à quitter définitivement l'Autriche. Le « définitivement » a quelque chose d'excessif car jusqu'à l'Anschluss, Zweig y fit de courts mais nombreux séjours, notamment pour voir son éditeur ou sa mère, qui mourut à Vienne peu après l'annexion de l'Autriche par l'Allemagne.

En février 1934, alors qu'il était à Vienne, des combats de rue opposèrent les différentes factions politiques. Mais surtout, à son retour à Salzbourg, quelques jours plus tard, il fut tiré du lit un matin par la police qui avait reçu l'ordre de perquisitionner chez lui, à la recherche d'armes. Elle ne découvrit en réalité qu'un vieux revolver qu'on lui avait remis pendant la dernière guerre. Cependant, blessé et convaincu que c'était « la victoire de l'idée fasciste » et que la guerre approchait, Zweig résolut de partir sur-le-champ.

Il regagna Londres, accompagné cette fois par Friderike qui venait préparer son installation en Angleterre. Il était convenu qu'elle y laisserait son mari et retournerait en Autriche liquider le Kapuzinerberg. Mais dès cette époque sans doute, Zweig aspirait à retrouver une totale liberté. Il envisageait, inconsciemment peut-être, de rompre les ponts avec l'ensemble de son passé : son pays, sa maison et sa femme. Sans le savoir, Friderike précipita les choses.

Stefan Zweig avait alors entrepris une nouvelle biographie, celle de Marie Stuart, et avait besoin, selon son habitude, d'une secrétaire. Friderike se mit à la recherche d'une collaboratrice pour son mari. C'est ainsi qu'entra dans leur vie Charlotte Altmann. Âgée de vingt-six ans, elle avait émigré en Angleterre dès 1933. Cultivée, elle parlait bien anglais. Elle devint la secrétaire de Zweig et, ultérieurement, sa seconde femme.

Friderike en effet retourna en Autriche. Mais il lui fallut très longtemps pour vendre le Kapuzinerberg et, vraisemblablement, la décision de son mari de se séparer de cette maison lui coûtait. Quoi qu'il en soit, Zweig ne cessa de s'irriter que la vente du Kapuzinerberg prenne du temps et le reprocha à Friderike. Tout était alors prétexte à dispute, sans doute parce que, au fond de lui, Zweig avait décidé de quitter sa femme. Lotte Altmann n'en fut certainement pas la cause, c'est l'état d'esprit de Zweig à cette époque qui précipita leur séparation. Au reste, elle ne se fit pas brutalement. Friderike continua à s'occuper de la vente des biens autrichiens de son mari. Lorsqu'il s'installa au 49, Hallam Street, c'est encore elle qui veilla à disposer ses meubles et ses livres de manière à reconstituer, presque à l'identique, le bureau du Kapuzinerberg. Ils passèrent en outre souvent une partie de leurs vacances ensemble, même si Lotte n'était jamais loin. Pendant quatre ans, Zweig ne cessa de pousser à une séparation, puis, dévoré par le remords, à le regretter. En définitive, ils ne divorcèrent qu'en décembre 1938. Même alors, ils demeurèrent liés par l'amitié et continuèrent à se voir et à s'écrire régulièrement.

Pendant quelques mois, l'installation à Londres et l'arrivée de Lotte redonnèrent à Stefan Zweig une nouvelle vitalité. Mais sa nature et, plus encore, la montée des tensions en Europe ne tardèrent pas à le rattraper.

Il put observer le sort fait à son œuvre en Allemagne lors de la représentation à Dresde en 1934 de *La Femme silencieuse*, l'opéra de Strauss dont il avait rédigé le livret. Écrit par un Juif, cet opéra n'aurait pas dû être représenté. Mais Hitler tenait beaucoup à l'adhésion de Richard Strauss au régime. Après de nombreuses hésitations, il trancha en faveur de *La Femme silencieuse*. Cependant, après trois représentations, l'opéra fut retiré de la scène et interdit en Allemagne.

L'affaire de *La Femme silencieuse*, au cours de laquelle Stefan Zweig garda le plus parfait silence, provoqua à la fois le mécontentement de ceux qui lui reprochaient de ne pas protester et l'irritation de ceux qui s'indignaient qu'il acceptât d'être joué en Allemagne. La position choisie par Zweig n'était pas facile à tenir en ces temps difficiles. Il s'y conforma cependant assez longtemps, notamment en septembre 1936, lors du congrès du Pen Club International à Buenos Aires. Mais au fond de lui, quelque chose était atteint définitivement. À cette époque, il confia à l'un de ses amis : « Une infinité de choses se sont éteintes en moi ces dernières années. »

Il ne lui restait plus que le travail, mais il n'écrivait plus avec l'abondance d'autrefois. *Marie Stuart*, paru en 1935, fut un énorme succès : aux États-Unis, 300 000 exemplaires furent vendus cette année-là. Cette biographie fut suivie de *Castellion contre Calvin* en mai 1936, où Zweig reprenait les thèmes d'*Érasme*. Il publia aussi *Le Chandelier enterré* et travailla à son *Magellan*, à de nouvelles « Heures étoilées » ainsi qu'à

La Pitié dangereuse qui, publié en 1940 en Angleterre, eut un grand succès.

Au moment de l'Anschluss, le Kapuzinerberg était enfin vendu, mais bien au-dessous de sa valeur réelle. La plupart des collections de Zweig avaient été dispersées. Ce qui restait encore en Autriche fut saisi par la Gestapo et vendu aux enchères. Mais cela désespérait moins Zweig que la fuite de Reichner à Zurich – il n'avait plus d'éditeur en langue allemande – et surtout la disparition de son pays qui le laissait sans nationalité.

Il avait depuis un certain temps déjà entrepris les démarches nécessaires pour obtenir la nationalité britannique, mais la décision de naturalisation tarda à venir. La Seconde Guerre mondiale éclata avant qu'on lui ait donné satisfaction, le faisant classer parmi « les étrangers ennemis », dispensés toutefois d'internement. C'est à cette époque également qu'il décida d'épouser Lotte, probablement moins par amour que par pitié : elle était malade et, elle aussi, dépourvue de passeport britannique.

Privé de la liberté d'aller et de venir, Zweig dut demander l'autorisation de se rendre à Londres – le couple habitait alors Bath – pour y prononcer l'éloge funèbre de Freud, le 25 septembre 1939. Il n'obtint la nationalité britannique que l'année suivante, le 12 mars, à un moment où il songeait déjà à s'éloigner de l'Europe.

Pendant cette période du premier exil, Zweig n'avait pas renoncé à son goût des voyages. Il se déplaça beaucoup en Europe, mais aussi en Amérique. Il alla aux États-Unis en janvier 1935 et en 1936, sur le chemin de Buenos Aires, il s'arrêta au Brésil où il reçut un accueil royal. Il fut très vite séduit par ce pays à côté duquel l'Argentine lui parut fade. Sans cette expérience, il n'aurait sans doute pas choisi de s'installer au Brésil lorsque, ayant quitté le vieux continent, il eut du mal à s'habituer aux États-Unis.

Au moment de prendre congé de l'Europe, Zweig tourna ses regards vers son pays, l'Autriche, que longtemps il n'avait pas aimé, et commença à rédiger son autobiographie. Lui, qui avait souvent été agacé par les travers de sa patrie et, plus encore, par ceux de Vienne, retrouva soudain ses souvenirs anciens et ressuscita un monde disparu. Au point que, lorsque Friderike le fit venir à Paris pendant l'hiver 1940 pour y donner des conférences, il choisit, à l'étonnement de Friderike, de parler de la « Vienne d'hier ». Cette brève expédition à Paris fut son dernier voyage en France.

Les dernières années

Lorsque les Allemands envahirent la France, Zweig décida de s'embarquer pour l'Amérique. Lotte et lui prirent le bateau pour les États-Unis sans penser qu'ils ne reviendraient plus en Angleterre. Au reste, ils laissaient derrière eux, dans leur maison de Bath, nombre de leurs possessions, dont le manuscrit du *Balzac* auquel Zweig travaillait depuis plusieurs années.

Ils n'avaient qu'un visa de transit pour les États-Unis, car leur intention était de continuer vers le Brésil. Des États-Unis cependant, Zweig tenta d'aider Friderike et ses filles à quitter la France où elles avaient trouvé refuge. Grâce à l'intercession de son ancien mari, elle parvint à s'embarquer sur un paquebot grec ainsi que nombre d'intellectuels autrichiens – les Werfel –, ou allemands – Golo et Heinrich Mann. Mais Zweig ne l'apprit qu'à Rio de Janeiro où il se trouvait avec Lotte depuis le mois d'août.

Ce départ pour l'Amérique du Sud ne correspondait pas à un désir de s'exiler définitivement. Zweig s'était engagé à une tournée de conférences en Argentine et en Uruguay. Le Brésil, qui lui avait plu lorsqu'il l'avait découvert en 1936 et où il avait un éditeur, Koogan, lui semblait un agréable lieu de séjour en attendant de regagner les États-Unis et peut-être, même s'il y comptait de moins en moins, l'Angleterre.

Les conférences en Argentine, prononcées pour partie en espagnol, furent un triomphe et Zweig en retira des revenus substantiels, dont une grande part fut abandonnée aux organisations de secours anglaises et allemandes. Contrairement à nombre de ses confrères, Zweig, qui était édité dans le monde entier, ne souffrait pas de ne plus toucher de droits d'auteur en Allemagne. Il aida beaucoup d'exilés à subsister dans le Nouveau Monde.

Malgré le succès de ses conférences et le plaisir qu'il prenait à son séjour au Brésil, Stefan Zweig était de nouveau en proie à la dépression. Plusieurs facteurs en étaient cause : la situation internationale le désespérait d'autant plus qu'il était convaincu qu'il appartenait à un monde à jamais englouti par la guerre ; le fait d'écrire dans une langue qui lui était désormais interdite lui donnait le sentiment d'avoir perdu sa patrie une seconde fois ; enfin Zweig n'accepta jamais l'idée de vieillir : il approchait de la soixantaine et ne le supportait pas.

Bien que la perte de son manuscrit sur Balzac contribuât également à son désespoir, il continuait à écrire son autobiographie et travaillait à un livre sur le Brésil, le futur *Brésil, terre d'avenir*. Pour ce dernier ouvrage, qui, lorsqu'il sortit, fut mal accueilli au Brésil parce qu'il n'insistait pas assez sur son modernisme, il fit en janvier 1941, avec Lotte, un voyage dans le nord du pays.

Cependant, dès le 23 janvier, il était de nouveau à New York où, par le plus grand des hasards, il rencontra Friderike le lendemain de son arrivée, dans les bureaux du consulat britannique. Il passa environ six mois et demi à New York ou dans ses environs, à travailler d'arrache-pied aux différents ouvrages qu'il avait en chantier : *Le Monde d'hier, Brésil, terre d'avenir* et une biographie d'Amerigo Vespucci.

Zweig redoutait la vie aux États-Unis parce qu'il s'y trouvait trop de réfugiés auxquels il ne pouvait fermer sa porte et qui ralentiraient son travail. Sans doute est-ce pour cela qu'à New York, il préféra New Haven et la bibliothèque de Yale et, fin juin, une petite villa à Ossining, non loin de Friderike.

Zweig et Friderike avaient établi entre eux des relations cordiales. Elle l'aida beaucoup à remettre de l'ordre dans ses souvenirs pour la rédaction de son autobiographie (toutes ses archives étaient restées à Bath). Durant les semaines qu'il passa à Ossining, banlieue proche de Sing-Sing, Zweig travailla huit ou neuf heures par jour avec l'aide de Lotte et d'Alix, l'une des filles de Friderike, qui tapaient ses manuscrits. Cette période de grand labeur le fatigua, de même que Lotte qui, sujette à l'asthme, souffrait de troubles respiratoires. Très vraisemblablement la lassitude vint-elle s'ajouter à la dépression latente qui torturait Zweig. Ceux qui le rencontrèrent alors, Klaus Mann par exemple, lui trouvèrent un regard désespéré.

Finalement, son autobiographie presque achevée, il s'embarqua de nouveau pour Rio avec Lotte le 15 août 1941. Ses adieux à ses amis et à Friderike laissent penser qu'il avait déjà décidé de mettre fin à ses jours. Ainsi donna-t-il à l'un de ses amis la machine à écrire portative sur laquelle travaillait Lotte depuis des années, en prétextant qu'elle les encombrerait pendant le voyage.

Au Brésil, Zweig loua une petite maison à Petropolis. Cette station de montagne avait été choisie à cause de son climat bienfaisant. Elle ressemblait en outre aux petites villes autrichiennes. Ils y passèrent quelques semaines idylliques à jouir de la paix – à l'exception d'Ernst Feder, l'ancien rédacteur en chef du *Berliner Tageblatt*, et de sa femme, il n'y avait pas d'autres réfugiés – et de la vue.

Mais, de nouveau, la mélancolie reprit le dessus. Zweig, qui avait tant souffert d'être dérangé dans ses travaux, supportait mal son isolement. Lui manquaient également les grandes bibliothèques américaines. Néanmoins, ayant découvert à Petropolis un exemplaire des *Essais* de Montaigne, l'idée lui vint d'écrire sa biographie. De New York, Friderike lui envoya les ouvrages nécessaires. Il se mit à l'œuvre, conscient cependant de ne pouvoir se concentrer aussi bien qu'autrefois. Dans le même temps, il écrivait sa dernière nouvelle, *Le Joueur d'échecs*. Toutes ces œuvres, de même que son autobiographie, ne parurent qu'après sa mort.

Les raisons qu'il avait de se sentir malheureux se multipliaient sans cesse. Il devait jouer avec l'idée du suicide depuis plusieurs mois, au gré de ses humeurs. Pourquoi choisit-il de mettre fin à ses jours le 22 février 1942 ?

Le 16 février, il se rendit à Rio avec Lotte et les Feder. Il avait l'intention d'y rester jusqu'au lendemain et de se mêler à la liesse générale. Mais en apprenant que Singapour venait de tomber aux mains des Japonais, il rentra sur-le-champ à Petropolis. Cette nouvelle lui fut insupportable.

Le 19, il était de nouveau à Rio pour déposer son testament chez son avocat et un paquet à Koogan, son éditeur brésilien, « à mettre en lieu sûr », qui contenait ses instructions posthumes.

Il passa les derniers jours à écrire des lettres à ses amis et à mettre ses affaires en ordre. Le samedi 21 février au soir, Lotte et Stefan invitèrent Feder et sa femme. Zweig lui remit divers ouvrages et lui demanda, au moment où ils se quittaient, de lui pardonner ses humeurs noires.

Le 22 au matin, il écrivit encore des lettres, dont la dernière à Friderike où il expliquait son geste et l'assurait qu'il était « calme et heureux ». Il rédigea également une lettre ouverte en allemand, précédée d'une « Déclaration » en portugais. Là encore, il se justifiait et concluait par ces lignes : « Je salue tous mes amis ! Puissent-ils voir encore les lueurs de l'aube après la longue nuit ! Moi, je suis trop impatient, je les précède. »

Lotte et lui absorbèrent du véronal dans l'après-midi, à un moment où ils étaient seuls dans la maison. Leurs domestiques ne les trouvèrent que le lendemain. Malgré le souhait de Zweig d'avoir des obsèques simples, le Brésil lui fit des funérailles nationales.

Emporté par son tempérament dépressif qui n'avait pas supporté les contraintes de l'exil et de l'âge qui venait, Zweig ne verrait pas « les lueurs de l'aube ». Sa mort choqua profondément les autres exilés. Aucun d'entre eux, qui vivaient souvent dans des conditions matérielles précaires, ne comprit vraiment son désespoir. Certains, dont Thomas Mann, jugèrent son acte égoïste parce qu'il allait plonger les autres émigrés dans le découragement.

À Stefan Zweig, qui avait sa vie durant douté de la valeur de son œuvre malgré son immense célébrité, la postérité allait cependant laisser une place non négligeable dans la littérature internationale. Son suicide, aux raisons multiples, et si diversement commenté, rendit en outre à sa vie, que l'extérieur avait toujours jugée facile, sa véritable dimension, celle d'une tragédie personnelle.

Composition réalisée par Datagrafix

Achevé d'imprimer en septembre 2011 en Espagne par
BLACK PRINT CPI IBERICA, S.L.
08740 Sant Andreu de la Barca (Barcelona)
Dépôt légal 1re publication : mai 1992
Édition 1 coffret : novembre 2011
LIBRAIRIE GÉNÉRALE FRANÇAISE
31, rue de Fleurus – 75278 Paris Cedex 06

31/6281/5